L'ORLANDINET,

OU

LE PETIT ROLAND,

TRADUIT DE L'ITALIEN

D E

LIMERNO PITOCCO,

Dédié a ma Beurriere.

A S I R A P,

Chez les Libraires qui vendent des
Nouveautés.

M. DCC. LXXXIII.

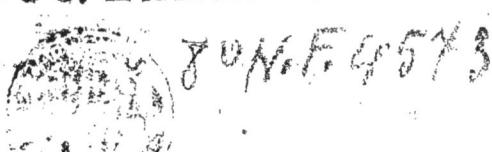

EPITRE

DÉDICATOIRE,

A MA BEURRIERE.

M<small>ADAME ET CHERE</small> *VOISINE;*

Depuis long temps je vous devois cet hommage public, tribut mérité de ma trop juste reconnoissance. Eh! qui ne sait que vous êtes la ressource dernière de MM. les Auteurs, & de mes

A ij

chers Confreres ! Sans vous, que d'Ouvrages , morts nés , vile pâture des
vers , moisiroient dans nos magasins,
si vous ne leur donniez un asyle dans
votre boutique, pour , de là , leur procurer une sorte d'existence dans toutes
les cuisines ou offices des bonnes mai-
sons de la Capitale & des Provinces !
Combien d'Œuvres d'Académiciens ,

(Il en est jusqu'à trois que je pourrois nommer).

qui , secs par eux-mêmes , ont été
obligés d'aller chercher sur votre comp-
toir l'embonpoint de Gournay ou d'Isi-
gny (1) ! C'est vous qui donnez de la
publicité à tant de Livres qui , malgré
leur adresse , ne parviendroient jamais
à l'immortalité. Sans le débouché que

---

(1) Cantons d'où nous vient le bon beurre.

nous ménage votre balance, mes favans
Confreres n'auroient jamais été affez
ofés que d'entreprendre des traductions
au-deffus de leurs petits génies : graces
à vous, fi on ne parle point d'eux à la
table des maîtres, on s'en entretiendra
à celle du maître-d'hôtel & du chef de
cuifine. Que d'Ecrivains veillent pour
vous, ma chere voifine ! Vous n'avez
pas le droit de vous affeoir fur les bancs
poudreux de l'école : eh bien ! c'eft
pour vous que les Docteurs fourrés &
non fourrés font imprimer leurs Traités
polémiques ! Vous n'affiftez guere au
fermon pendant le Carême ; votre com-
merce vous en empêche : eh bien ! c'eft
pour vous que les Prédicateurs font
imprimer leurs Œuvres fpirituelles.
Vous allez plutôt à Belleville qu'au

A iij

Spectacle : eh bien ! c'est auſſi pour
vous que les Auteurs Dramatiques
font imprimer leurs Pieces ſifflées ou
non jouées , & dont ils devroient indi-
quer à leurs Lecteurs le lieu de la ſcene
dans votre arriere-boutique. Vous ne
ſavez ce que c'eſt qu'une Académie :
eh bien ! c'eſt pour vous l'apprendre
qu'on publie tous les ans tant de gros
Recueils de Mémoires ſur les attributs
de Venus & de Mercure , &c. Vous
ignorez ce que c'eſt qu'un Journal : eh
bien ! c'eſt encore pour vous que l'Auteur des Petites-Affiches tâche demettre
de la malice & de l'eſprit , & ne met
que du fiel dans ſes Annonces & Avis
divers. Que de faiſeurs de Romans
n'ont pas cru deviner ſi juſte , en annon-
çant ſur le titre de leurs effrayantes com-

pilations d'aventures, qu'ils ne travail-
loient que pour les Bourgeoises, &c.
Eh bien ! malgré tous ces services
signalés, je suis sûr que tous ces Ecrivains, quand ils vous rencontrent, ne
font pas semblant de vous connoître ;
les ingrats ! eux qui devroient vous
parler, le chapeau jusqu'à terre.

Je veux me mettre à l'abri d'un pareil
reproche.

J'aurois pu dédier cette Brochure à
un de mes Confreres de Province ;
j'en aurois trouvé plus d'un digne de
l'hommage d'un manuscrit dont l'achat
ne m'est revenu qu'à 576 deniers (1),
argent de France : il m'auroit aidé à
retirer mes fonds & mes avances.

_____

(1) 48 sols,

J'aurois pu la dédier à la Gouvernante de quelqu'Auteur un peu connu, ou bien au Secrétaire de quelque Journaliſte.... & cela pour cauſe : mais il auroit toujours fallu en revenir à vous.

En faveur de l'aveu , ma chere Voiſine , pardonnez-moi un moment d'ambition. Oui ! j'ai long-temps balancé entre vous & ces divers Protecteurs. Mais enfin la voix de la reconnoiſſance a étouffé dans mon cœur le cri de la gloire , & je me ſuis dit à part moi : ma généreuſe Voiſine donne la célébrité , & fait voir le jour à tant de productions nées pour l'oubli & les ténebres ! il eſt bien juſte de la rendre célebre à ſon tour. Sans ſes ſoins , qui connoîtroit la Pſiché de l'Abbé A** ; l'Egyptienne du Capucin-Poëte ; les

Vers Académiques *de la H** ;* les Opufcules *du Chevalier du C****** ;* les Rimes niaifes *de St. A. ;* les Comédies fi comiques *du Procureur F****** ! .. &c. &c. &c.*

Agréez donc la dédicace d'Orlandinet *; l'hommage eft digne de la Protectrice... & fi j'ai trouvé grace à vos yeux , donnez-moi la préférence , quand vous n'aurez plus de papier à la rame pour envelopper votre beurre frais d'Ifigny ou de Gournay , & vos excellens fromages de Brie ou de Marolles. Mon magafin & celui de mes Affociés & Confreres vous feront ouverts en tout temps , & s'empliffent tous les jours à votre intention , & pour votre fervice.*

P. S. Gardez-vous bien de faire

apprendre à lire & à écrire à MM. vos fils. Hélas ! devenus Auteurs à la mode, ils nous enleveroient votre pratique.

Je suis,

MA CHERE VOISINE,

Votre très-respectueux
serviteur,
BONIFACE CHRÉTIEN.

L'ORLANDINET,

O U

LE PETIT ROLAND.

MILON, grimpé fur les débris d'une muraille, examinoit dans la nuit par où il pourroit efcalader le palais du Roi de France. Ce brave homme avoit ordre de s'exiler de la Cour pour avoir tué, dans une difpute, un trop grand nombre de Chevaliers, malgré les menaces du Roi Charlemagne qui lui crioit fans cefle d'arrêter le carnage, & qui s'étant armé lui-même d'un bâton, en donnoit çà & là fur la tête des combattans pour appaifer la querelle. Celui-ci étoit frere de la Princefle Berthe, mais il ignoroit les amours de fa fœur avec l'intrépide

Milon. Il ignoroit encore ce qui s'étoit paſſé entr'eux, tandis qu'il danſoit un menuet au milieu de ſes Paladins ; car la Princeſſe avoit ſi bien répondu aux tranſports de ſon amant, qu'un nouveau Guerrier (1) devoit être le fruit de leur tendreſſe réciproque.

Milon ſe voyant donc condamné à l'exil, ſous peine de mort, délibere d'emmener avec lui l'objet de ſa flamme. Dans cette réſolution, il apperçoit une poutre qui s'avançoit hors des murailles du palais ; il y ſaute à l'inſtant malgré le poids des armes dont il eſt revêtu. De là il ſe prend à un balcon, paſſe enſuite de corridor en corridor, & bientôt il entend les ſoupirs de Berthe qui pleuroit. Il frappe doucement à la porte de ſa chambre, & la Princeſſe épouvantée à ce bruit garde le ſi-

_____

(1) Ce Guerrier ſera Roland,

lence;

lence ; mais bientôt reconnoiffant la voix de fon Chevalier, elle fe jette avec impétuofité hors du lit, court à la porte , & l'ouvre fans héfiter. Ce fut alors que fes larmes recommencerent à couler en plus grande abondance; mais quand Milon lui annonça qu'il venoit pour en faire la compagne de fon exil, elle tomba fur le marbre, froide & prefque inanimée. En vain fon amant cherche à la raffurer, en lui difant qu'il ne veut rien faire contre fes intentions , il la trouve évanouie, fans voix & fans couleur. Sans délibérer davantage , il prend une robe & un drap qu'il roule enfemble , charge la Princeffe fur fes épaules, & l'emporte à la hâte, fe croyant affez vengé du Roi, tant par le maffacre qu'il vient de faire de fes Chevaliers, que par le nouveau tréfor qu'il va lui ravir. L'amour qu'il ref-

B

fent pour cette Nymphe étrangere l'occupe tout entier. Quand il fut à la fenêtre par où il étoit entré, il pofa doucement fur la terre ce dépôt chéri, & Berthe auffi tôt reprenant la voix : où êtes-vous mon cher Milon, lui dit-elle ? Princeffe, repliqua le Chevalier, voici l'inftant de revenir à vous-même & de reprendre vos couleurs. Laiffons faire le Roi. Si l'Amour eft de notre côté, nous triompherons de tous les obftacles.

En difant ces mots, il la revêt de la robe qu'il avoit enlevée de fa chambre. Il lui met enfuite un voile fur le front, & la déguife de maniere qu'on la prendroit plutôt pour Philis ou pour Galathée, que pour la fœur d'un Roi. Cela fait, il prend le drap qu'il déchire en longues bandes, & qu'il noue étroitement les unes aux autres. Ce fut par le moyen de cette échelle que Berthe fe déroba du palais. Quand elle fut tout-à-fait defcendue, Milon qui tenoit encore le bout du drap le laiffe échapper, & ne fait qu'un faut du haut de la fenêtre en bas : telle qu'une brebis timide que le berger vient d'arracher à la gueule affamée du loup, elle fent encore palpiter fon cœur, & la crainte fait treffaillir tous fes membres ; ainfi Berthe, fuivant les traces de font Amant, croit fans ceffe entendre le Roi qui la pourfuit ; fans ceffe elle regarde derriere elle, & fuit d'un pas toujours plus précipité.

Déjà la nuit avoit parcouru la plus grande partie de fa carriere, & les étoiles pâliffantes commençoient à difparoître peu-à-peu. On entroit alors dans la faifon où la vigne fe charge de raifin, quand la terre ne reffent ni les chaleurs de l'été, ni la froidure des hivers. Enfin nos deux Amans arrivent aux murs de la cité qu'ils franchiffent de la même maniere qu'ils avoient efcaladé le palais.

Ils errent toute la nuit fans repos,
précipités par la crainte, & emportés
par l'efpérance. S'ils rencontrent
quelque fentier un peu rude, ou
quelque colline, Milon prend la
Princeffe fur fes épaules, & l'enleve
au fommet des montagnes, comme
s'il étoit d'acier depuis les pieds jufqu'à la tête. Vers le matin, ils apperçurent un Villageois monté fur une
jument, & qui fe hâtoit d'arriver à
un pont. Le Chevalier l'appelle, le
conjure de mettre pied à terre, &
d'avoir compaffion de la femme qui
l'accompagnoit ; mais le ruftre fer-
mant l'oreille à ces prieres, preffe
les flancs de fa monture, & chemine
toujours avec plus de vîteffe. Milon
qui s'apperçoit qu'il a détourné la
bride, & qu'il ne prend plus le chemin du pont, mais qu'il va directe-
ment au fleuve, afin de paffer le gué,
court fur lui, en s'écriant, arrête,
mon ami, ne crains rien. Le ruftre

fe fentant pris par fon manteau, fe retourna vers le Guerrier, & lui dit d'un ton brufque : laiffe-moi ; je ne te connois pas. Peut-être en as-tu dépouillé une centaine, voleur que tu es ; car tu es un voleur. Tu as dérobé ces armes, cette épée, & cette femme. On fait que vous êtes une troupe de Payfans qui vous dé-guifez en foldats pour mieux exercer vos brigandages ; mais vous n'êtes bons, malgré vos fanfaronades, qu'à porter la bêche & le rateau.

En achevant ces mots, il tire de fa poche un poignard pour en frap-per Milon ; mais celui-ci prend la jument par la queue, & la renverfe avec fon maître dans un grand foffé plein d'eau. Le Payfan y demeure enfoncé jufqu'au cou, comme une grenouille, & la jument fe retire. Voilà, dit alors Milon, ce qui ar-rive à un gueux comme toi, quand il s'enfle de vanité. Pêche donc main-

tenant , maraut que tu es, car te
voilà bien placé pour cela ; pêche ,
& moi j'irai à cheval. Il prend auffi-
tôt la jument, non plus par la queue,
mais par fon licou, & Berthe faute
deffus en comblant le Villageois de
malédictions. Cependant Milon chemine devant elle , & lui fert d'E-
cuyer , traînant par-tout la jument
par la bride.

Ils ne cefferent de marcher tout
le jour & la nuit fuivante. La Princeffe s'imagine toujours avoir le Roi
à fa pourfuite , & qu'elle ne pourra
lui échapper. Elle étoit encore pour-
fuivie de ces frayeurs , quand ils
arriverent fur une hauteur d'où ils
découvrirent les bords de la mer.
Après avoir defcendu la montagne,
ils fe mettent à côtoyer le rivage .
& voient un vieux Pêcheur , qui,
comme Saint Pierre , s'amufoit à
prendre des poiffons à la ligne.
Ecoute , lui cria Milon , & fi tu as

quelque pitié pour les malheureux,
apporte-moi ici de quoi raſſaſier la
faim qui nous dévore. Le vieillard,
à ces mots, fait approcher du rivage
la nacelle où étoit le poiſſon qu'il
avoit pris, & frappe un caillou dont
jailliſſent des étincelles. Milon retire
de l'eau un tas d'épines vertes où ils
mettent le feu, la Princeſſe vuide
les poiſſons, & ſon époux tient la
poële, aſſis ſur la ſelle de la jument.

Tandis que le poiſſon pétille dans
l'huile bouillante, le vieux Pêcheur
va prendre dans ſon bateau un pain
dur & noir, avec une grande cruche
de vin aigre. Mais la Princeſſe, à
l'aſpect de Milon qui détournoit ſon
viſage des flammes, & qui ſe frottoit
inceſſamment les yeux, ne put s'empêcher de rire en voyant un ſi grand
homme devenu tout-à-coup cuiſinier, & le plaiſanta fort de ce qu'il
ſe brûloit les jambes au feu, & de ce
qu'il pleuroit à la fumée. Cependant

elle répand fur les poiffons quelques grains de fel, & le gazon du rivage leur fervit de table.

Le vieillard gai & complaifant y dépofe les viandes groffieres dont il faifoit fa nourriture, car il n'a point d'autres richeffes que les eaux de la mer, fa barque, le foleil & la pluie. Je voudrois, dit-il à fes hôtes, & ne faurois vous traiter comme vous avez coutume de faire entre vous ; mais je vous offre ce que je poffede. Si j'avois dans un coffre tout l'or de Tiber, & les pommes du dragon que tua Hercule, je vous les offrirois également, peu femblable à ces gens qui retiennent tout pour eux. Mais fouvent celui qui a peu en fait part aux autres, tandis que l'homme qui nage dans les biens cherche fouvent à en dérober de nouveaux. C'eft pour quoi j'établirois une loi, fi cela étoit en mon pouvoir. Milon lui de-manda quelle eft cette loi qu'il vou-

droit établir. Je voudrois, repliqua
le vieillard, que tous les larrons fuf-
fent pendus fans miféricorde, excepté
ceux qui déroberoient des avari-
cieux ; & je voudrois encore qu'on
pendît les pauvres, qui ayant occafion de voler un avare, ne le feroient
point. Vous verriez alors la vertu
des Catons devenir moins âpre ,
parce qu'ils feroient à couvert des
brigandages ; vous verriez les Nérons
devenir moins barbares au fein de
la médiocrité. Vous verriez les Li-
caons ceffer leurs rapines, quand ils
auroient une fois pris leur part qui
gît dans l'abondance des autres ; car
ma pauvreté ne vient que du fuperflu
des riches.

Le repas fini, Milon lui demanda
s'il n'y avoit point quelque port aux
environs, en ajoutant qu'il voudroit
s'embarquer, tandis que les vents
font favorables. N'en doutez pas ,
repliqua le vieillard, le port n'eft pas

loin d'ici. Si cela eft, répondit Milon,
qu'il te plaife de nous y conduire
dans ton bateau. Pour prix de tes
bons offices, & du repas frugal que
tu viens de nous donner, je te laiffe
cette jument avec un écrit figné de
ma main, qui certifiera comme elle
t'appartient. Le bon vieillard lui rend
mille graces, en l'affurant qu'il s'en
fie bien à fa parole, & qu'ils n'ont
pas befoin de Notaire pour cela.
Entrez dans ma barque, dit-il, &
nous ne tarderons pas d'arriver au
port. Il n'y a qu'à laiffer là cette jument que j'enverrai prendre par un
de mes coufins. Je veux l'échanger
contr'un tonneau de vin vieux, car
je ne fuis pas heureux à la pêche
quand mes flacons font vuides.

En s'entretenant de la forte, ils
arriverent à l'endroit où étoit la
barque. Le vieux Pilote prend la
Princeffe par le milieu du corps, &
en charge fa petite nacelle qui eft

prefque fubmergée par le poids.
Tandis qu'il rame, il, courbe fon
dos, comme on voit un ferpent fe
rouler en cercles d'or & gliffer fur
le gazon quand un bœuf l'a foulé de
fon pied lourd. Ainfi vogue en pleine
eau la barque légere dirigée par le
vieillard adroit, qui chante pour char-
mer l'ennui des voyageurs, & pour
les exciter à rire. Arrivés au port,
ils trouvent un grand navire qui alloit faire voile pour l'Italie. Milon
y monte accompagné de la Princeffe, & renvoie le vieillard avec
fa nacelle.

Déjà le char du foleil fe préci-
pitoit dans l'onde, & la lune en-
vironnée d'étoiles alloit commencer fa carriere. Le gros vaiffeau,
pouffé par les vents, prend fa
route à travers les flots qui re-
jailliffent autour de lui. Il portoit
des Soldats, des Marchands, des
Moines & des Prêtres, qui tous

convoitoient l'épouſe de Milon ,
mais qui , à la vue du Guerrier aux
larges épaules , n'oſoient donner
cours à la licence de leurs geſtes
ou de leurs paroles. Il n'y eut qu'un
Seigneur de la Calabre qui forma
le deſſein de contenter avec Berthe
ſes deſirs impurs. Il avoit à ſes ordres trente eſclaves bien armés , &
Milon ne ſoupçonnoit rien de ſes
intentions, quoiqu'ils tinſſent conſeil entr'eux , & qu'ils ſe parlaſſent
à l'oreille, car on eſt toujours amoureux du bien d'autrui. Ils alloient
donner l'aſſaut, mais ils crurent
qu'il valoit mieux attendre qu'il fût
tout-à-fait nuit. Berthe alors , ſans
ſe douter du traitement qu'on alloit
lui faire, monte ſur la proue, &
s'endort dans les bras d'une eſ-
clave.

Tout-à-coup Raimond (c'eſt ainſi
que nous appellerons le Duc ou le
Comte de la Calabre), ſe ſaiſit de la
Princeſſe

Princesse d'une maniere peu convena-
ble, & se dispose à satisfaire sa passion en présence des hommes & des
femmes qui l'environnent. Berthe
en s'éveillant jette un cri, & Milon
a déjà l'épée à la main. Il accourt
pour savoir le sujet de cette clameur,
mais il est repoussé par trente spa-
dassins. Transporté de fureur, &
rugissant comme un lion, il se jette
au milieu de la mêlée, fend la tête à
celui-ci, l'épaule à celui-là, coupe
le bras à l'un & la jambe à l'autre.
La Princesse ayant ramassé une pique,
s'en servoit à repousser Raimond ;
mais le scélérat descend dans un
petit bateau attaché à la poupe du
navire. Alors quatre laquais prennent la Princesse & la descendent
dans la nacelle.

On ne pouvoit lui reprocher de
ne s'être pas bien défendue ; mais
enfin la voici entre les mains de son
ravisseur. Elle leve tristement les

C

yeux vers le Ciel, implorant fon
fecours, puifqu'elle ne peut en recevoir de fon amant ; car tandis
qu'il porte les derniers coups à fes
adverfaires, le grand vaiffeau va
toujours fon train, & la barque demeure en arriere. Raimond en avoit
coupé les cables au moment qu'il y
étoit entré.

Durant le carnage que Milon venoit
de faire, les Matelots en défordre
avoient abandonné leurs manœu-
vres, & les vents devenus plus furieux avoient brifé les mâts, les
cordages, & mis les voiles en pieces.
Le navire battu par la tempête defcendit au fond des eaux, emportant
avec lui les Moines, les Prêtres &
les Marchands, qui ne purent ra-
cheter leur vie par tout l'or qu'ils
poffédoient ; mais le Guerrier intrépide fe dépouilla de fes armes
& de fes habits, & fe jeta nud à
la merci de la fortune, au milieu des

vagues mugiſſantes, qui le baſot-
terent long-temps çà & là, & le
pouſſerent enfin pâle & demi-mort
ſur les rivages de l'Italie.

Revenons à la jeune Princeſſe,
qui ne ſait plus par quel moyen
échapper à ſon raviſſeur. Déjà le
barbare la preſſe étroitement de ſes
bras, prêt à exécuter ſon projet
infame. Elle qui ne peut ſe défendre par la force, a recours à la ruſe.
Elle feint de ſe prêter à ſes deſirs,
& dans le même inſtant lui enfonce
un poignard dans les entrailles.
Trois fois elle redoubla le coup
mortel. Ce malheureux qui va rendre l'ame, veut à ſon tour la frapper d'un même coup de poignard;
mais la Princeſſe qui s'en apperçoit,
le pouſſe avec violence hors de la
barque, & le fait rouler dans les
gouffres de la mer. La voilà donc
ſeule errante au milieu des eaux.
Grand Dieu, s'écria-t-elle en pleu-

rant, tends-moi la main, & empêche mon bateau de s'abîmer fous
les vagues qui m'environnent! Ce
n'est point à tes Saints ni à tes
Ministres, c'est à toi, grand Dieu!
que je m'adresse; & si mes fautes
ne méritent aucun pardon, prends
du moins pitié de l'innocente créature que je porte en mon fein. Le
Ciel, comme de raison, écouta fa
priere, & la conduisit dans son petit
bateau fur les rivages de l'Italie.
Elle y descend pâle & respirant à
peine. Cependant elle se traîne encore à travers les âpres collines &
les campagnes brûlantes. Elle traverse la Lombardie, & arrive enfin
dans la Toscane.

Que de maux elle eut à souffrir
dans ce pénible voyage! Combien
de fois la crainte fit tressaillir ses
membres dans ces vastes forêts
toujours habitées par des voleurs
& des bêtes farouches! Enfin elle

arrive à l'entrée d'une grotte fpa-
cieufe où un vieux Pâtre raffembloit
fes chevres. Ah! mon pere, s'écria-
t-elle, ayez pitié de moi, car mes
genoux tremblans ne fauroient me
foutenir. Le Berger attendri quitte
fon troupeau & l'accueille avec bonté. Tandis qu'elle repofe fur la ver-
dure, il tire de fon fac un pain bis,
un fromage, & quelques fruits de
la faifon. La Princeffe à qui la faim
cruelle fe faifoit déjà fentir, fe
jette avec avidité fur ces mets cham-
pêtres. Quand elle eut ceffé de manger, elle fuivit le vieillard dans fa
cabane, qui lui prépara un lit de
feuillage fur lequel elle paffa la
nuit.

Vers le point du jour le vieux
berger fe leve pour mener fes chevres à l'abreuvoir, & voyant le
Ciel fans nuages, il prend fa hou-
lette, & fait fortir fon troupeau
qu'il conduit au pâturage. La Prin-

cesse, accablée de fatigue, dormoit
encore; mais son esprit harcelé de
mille inquiétudes ne lui permettoit
pas de goûter un sommeil tranquille.
Le bruit des saules agités par le
zéphyre la réveillerent tout-à-coup,
& ne trouvant point Milon à ses
côtés, elle versa des torrens de
larmes. Déjà le soleil éclairoit de
ses rayons l'entrée de la caverne,
lorsqu'elle ressentit pour la premiere
fois les douleurs de l'enfantement.
Pâle d'effroi, elle jette de hauts cris,
appellant Frosine & ses autres femmes, appellant Milon; mais, hélas!
les rochers d'alentours répondoient
seuls à ses gémissemens. Ce fut au
milieu de pareilles angoisses qu'elle
mit au jour ce fameux Capitaine,
cet invincible Roland, qui devoit
être la terreur & le fléau des Sar-
raisins. Quelle montagne n'ébran-
lera-t-il point? quelle épée pourra
résister à la sienne?

Cependant la jeune Berthe se releve avec douleur, prend dans ses bras ce fils héritier de sa seule misere, & le porte à pas lents vers le rivage d'un fleuve. Elle y lave le corps du nouveau-né, & l'enveloppe de langes. Là ses yeux baignés de pleurs contemplent avec tendresse ce doux fruit de ses amours; mais trop foible encore elle retourne à la cabane & s'y couche en attendant le retour du berger, car voici bientôt l'heure où les rayons brûlants du soleil le forceront de chercher un abri dans sa chaumiere.

Et déjà il s'avançoit, ramenant au son de sa flûte son petit troupeau. Quand il entendit les cris de l'enfant, son front chauve devint plus serein; & la Princesse appuyée sur le coude lui raconte en rougissant de quelle maniere & à quelle heure il étoit né; mais à la fin de son

difcours elle penfa s'évanouir. Le
bon vieillard , fans lui repliquer ,
court auffi-tôt avec un vifage gai
fe laver les mains dans les eaux
d'une fontaine. Il appelle enfuite
une de fes chevres qui ceffa incontinent de brouter la feuille , pour
venir avec complaifance préfenter
fa mamelle au vieillard. . Il en tire
un vafe de lait pur , y met tremper
la moitié d'un pain blanc , de là
court au poulailler , prend deux
œufs frais qu'il fait cuire fur la
cendre chaude , & retourne enfuite
chercher fon lait qu'il préfente à la
Princeffe. O mon pere ! s'écria-t-
elle , puiffe un jour le Ciel me mettre
en état de récompenfer vos foins !
En difant ces mots , elle buvoit
le lait peu - à - peu , & fa faim
s'appaifoit infenfiblement avec fes
douleurs. Elle mangea auffi les œufs
& but un grand verre d'eau claire.
C'eft ainfi que de jour en jour

elle reprend ſes forces, & reçoit tant de bons offices de ſon hôte, qu'elle penſe que tout l'or de la terre ne ſuffiroit pas à payer ſes bienfaits.

Le vieux Pâtre prenoit ſon arc tous les matins, & tandis que ſon troupeau alloit paiſſant dans les lieux ſolitaires, il pourſuivoit les oiſeaux dans les bois, ſur les montagnes & le long des rivieres. Dès qu'il avoit lancé une flêche, il étoit rare qu'elle retombât ſur les gazons, ſans y amener ſa proie avec elle. Ce fut de ces oiſeaux qu'il nourrit la jeune Princeſſe, & de Pâtre qu'il étoit auparavant il devint cuiſinier, juſqu'à ce que la Dame eût repris ſes couleurs avec ſon embonpoint.

Mais déjà le petit Roland court & ſautille. Déjà tel qu'un jeune poulain, il lui eſt impoſſible de

refter en fa place. A peine a-t-il
quitté la mamelle, qu'il fe dérobe
à fa mere & va trouver le bon
Pafteur qui le chérifloit plus que
fon troupeau. Il va à cheval fur
un bâton & joue de l'efpadron avec
un fabre de bois. Toujours à droite,
toujours à gauche, il ne jette aucun cri, & ne s'afflige d'aucun accident. Il tombe, fe releve, & retombe encore, n'étant pas ferme
fur fes petites jambes : de là vient
que tout fon vifage eft couvert de
meurtriffures.

A fept ans, il paroît en avoir
douze, par la groffeur & la force
de fes membres. Il a le pied & les
épaules d'Hector. Il porte de gros
fardeaux, & abat des murailles, ne
craint ni les ours, ni les lions,
ni les tigres, mais s'élance contre
eux avec intrépidité. Il ne s'em-
barraffe ni du tonnerre, ni des vents,
ni de la pluie, ni du chaud, ni du

froid. Il dort la nuit en plein air, non pas fur un lit de feuilles, mais fur quelque rocher. Il eſt brun, nerveux, a les cheveux crépus. Pour s'endurcir les pieds & les mains, il va fans chauſſure & tient toujours de gros bâtons. Ses épaules font couvertes de deux peaux de chevres qui defcendent le long de fes jambes, & qui fe lient fous fes talons. Quand il eſt avec les autres bergers, il les provoque fans ceſſe à la lutte, & ne fe plaît qu'aux exercices pénibles & hafardeux. Il ne cherche à fe procurer du repos ni en automne, ni au printemps, ni en été, ni en hiver. Quand il a faim, il dévore ce qu'il rencontre dans la chaumiere, ou dans les bois. Il mange du gland, des fraifes, des châtaignes, des cormes, des poires & des pommes fauvages. Ce qui eſt doux, ce qui eſt aigre, tout lui

eſt indifférent. Il boit ſans diſtinc-
tion dans le courant des fleuves,
ou dans le bourbier des marais;
& de plus, quand il ſe trouve avec
ſa mere, il mange le beurre, le pain,
le fromage & les œufs.

Quelque temps après, la Princeſſe apprit que Rainier étoit Gouverneur de la Cité voiſine, & eut
de grandes appréhenſions qu'il ne
vînt à découvrir où elle étoit: c'eſt
pour quoi elle appella ſon fils, &
lui ordonna de reſter auprès d'elle;
mais elle auroit plutôt arrêté les
vents dans des filets, que d'empêcher le petit Roland de ſortir, ou
de le faire revenir à ſes ordres.

C'étoit la coutume des enfans
du pays de ſe livrer bataille avec
des pierres, quand ils ſortoient du
College. Ils ſe rangeoient les uns
vis-à-vis des autres, & les nombreux
cailloux qui partoient de leurs mains
formoient un nuage épais qui obſ-
curciſſoit

turciſſoit l'éclat du jour. Celui-ci
avoit la jambe caſſée, celui-là la
tête, & cet autre crevoit un œil
à ſon compagnon, ſans que rien
fût capable de ralentir l'ardeur des
combattants. Le petit Roland, ſous
un méchant harnois, ſe trouvoit ſouvent parmi eux. Toujours en avant
des autres, il fait ſiffler les cailloux
dans les airs; environné d'un nuage
de pouſſiere, il repouſſe, il écraſe
une partie de ſes adverſaires, &
oblige les autres à ſe retirer, en
criant, derriere les vallons. Mais il
revient ſouvent lui-même la tête
fracaſſée, comme il arrive d'ordinaire à celui qui a trop de témérité. Cependant plus on le frappe,
plus il s'expoſe à la grêle des pierres
& des cailloux, de maniere qu'il
eſt tout diſloqué le ſoir quand il
retourne à la caverne, & ſa mere
en eſt au déſeſpoir. Mon enfant, lui
dit-elle, pourquoi te fais-tu mettre

D

ainſi le viſage en pieces? Laiſſe là
les pierres, pour l'amour de Dieu,
car ton viſage reſſemble à celui
d'un diable. Voulez-vous, ma mere,
lui replique Roland, que je me
laiſſe injurier? On me dit que vous
n'êtes point mariée à mon pere,
& je ſerois aſſez lâche que de ne
point défendre ma réputation & la
vôtre? Si j'endure de pareils affronts,
bientôt ils m'appelleront bâtard;
mais je vous jure, ma mere, de
leur faire voir que je ne ſuis point
ce qu'on s'imagine. Je mangerai
tout vivant le premier qui oſera
porter atteinte à votre honneur, &
ſi jamais mon pere Milon revient,
je lui dirai bien à ſa barbe qu'il eſt
un poltron, parce qu'il va de cabaret en cabaret conſumant notre
bien, ſans ſe donner la peine de
travailler, & que nous abandonnant
ainſi au milieu des forêts, il dés-
honore l'éclat de notre ſang. Mais ſi

jamais je deviens grand, de manieré que je puiffe porter l'épée, je veux chaffer Charlemagne de la France, & boire tout le fang des Sarrafins. C'eft pourquoi, ma mere, laiffez-moi m'exercer aux combats des coups de poing & des cailloux. Tous ceux que j'empoigne, je les terraffe, malgré leur adreffe à s'ef-crimer. Ils m'appellent tous Roland *brave à la guerre*, car il n'y en a pas un feul parmi eux qui puiffe me faire tête. Je fuis toujours le premier à combattre à travers des milliers de cailloux, & ce-pendant je vis encore. Après cela l'un me donne du pain, l'autre du vin, & celui-là me donne du rôti. Il y en a d'autres qui me donnent de l'argent, & d'autres encore qui m'enfeignent à me battre, en difant que je dois parer du bras gauche & pouffer du droit, de façon qu'ils me craignent tous ; ce qui me fait pré-

D ij

fager de grandes chofes ». Le petit
Roland parla fi bien, que fa mere
fe mit à rire & à pleurer de tendreffe. Elle le laiffe donc aller à
fa fantaifie, ne voulant rien épar-
gner pour en faire un brave homme.

On raconte du petit Roland qu'il
alloit mendiant par la ville, les
cheveux en défordre, & fa robe
percée de mille trous, & qu'il
nourriffoit fa mere des aumônes qu'il
recevoit. Un jour il rencontre un
beau jeune homme, fils de Rainier,
qui, tranfporté de colere de ce
que Roland l'incommodoit dans fon
paffage, leve le poing & lui dé-
charge un coup fur l'œil gauche,
qui devint tout noir. Son laquaïs
lui en porte un fecond à la mâchoire ; mais le fils de Berthe
faifit le damoifeau, le renverfe
fous lui, prend le laquais qu'il
jette fur fon maître, & de fes
pieds leur écrafe le vifage. Toute

la populace venoit en foule pour
défendre le fils de leur Seigneur;
mais Roland victorieux lâcha prise
& courut se refugier dans sa grotte.
Berthe qui est plus peureuse qu'un
lievre qui entend toujours, ou qui
croit entendre la voix des chiens, &
qui délibere par où il prendra la fuite
quand il voit son jeune levreau
revenir en sautillant, Berthe, dis-je,
le visage plus pâle que celui d'un
mort, crioit à son enfant : dis-moi,
d'où viens-tu ? qui t'oblige à courir
de la forte ? pourquoi, petit vaga-
bond, me causes-tu tant de cha-
grins? quel est cet œil & ce mu-
seau que tu rapportes en si bel état?
Roland lui répond : Voulez-vous
que je me laisse frapper comme si
j'étois un animal domestique ? Je
m'entends injurier à toute heure;
cependant j'ai tout souffert, si ce
n'est à présent que je viens de mettre
en pieces le fils du Seigneur. Passe

pour des paroles, mais je ne sup-
porterai jamais les coups. Dire &
faire font deux chofes. C'eft à des
ânes qu'on donne la baftonnade, &
fi j'étois un de ces animaux, je
pourrois endurer de pareils traite-
ments. Mais je fuis un homme,
& je prétends être un homme, &
celui qui me donne dix coups en
reçoit vingt de ma part. Vous don-
nerez cent pour un, dit l'Evangile,
& je dois me conduire felon ces
paroles. A celui qui m'arrache un
poil, je lui tortille le cou. Si tous
les traîneurs de fandalles fe mêlent
d'interpréter le fens de l'Ecriture,
je fuis capable de le faire tout auffi-
bien qu'eux.

Sa mere prenant la parole, lui
dit : ah ! mon enfant, ne fais-tu
pas que les gros poiffons mangent
les petits ? Ne vas plus à la ville,
crois-moi ; car les archers te prendront. Ils me prendront, repliqua

Roland ? malheur à celui qui oseroit s'avancer ; mais tranquillisez-vous. J'abattrois non seulement les murailles d'une prison, mais celle d'un labyrinthe. Mon œil est un témoignage du mauvais traitement que m'a fait le fils du Seigneur. Il m'a frappé le premier, & son domestique a suivi son exemple.

Dans la matinée du jour suivant il s'arme d'un bâton noueux avec lequel il n'auroit pas craint dix épées, & marche droit à la ville, qu'il traverse le front levé, en criant dans les rues : ô bonnes gens ! assistez - moi. Je ne vous demande qu'un pain, pour l'amour de Dieu, avec une bouteille de vin. Vous ne sauriez faire d'action plus charitable que de faire l'aumône à un pauvre étranger. Si vous ne me donnez rien, je vous promets que je prendrai de moi-même ce qu'il me faut, tout petit que je suis ; car

mon eſtomac n'eſt pas d'humeur
à ſouffrir des jeûnes. Allons, dé-
pêchez, ſinon j'enfonce les portes.
Je me ſens déjà foible, & mes entrailles commencent à crier. O Nation dévote ! Et vous, mes belles
dames, qui vous torchez le mu-
ſeau avec de ſi bon rôti, envoyez-
moi un bouillon, pour l'amour
de Dieu, ou deſcendez-le-moi par
la fenêtre.

Ainſi crioit le petit Roland, em-
ployant tantôt la priere, & tantôt
la menace. Sur ces entrefaites paſſe
un Frere Quêteur qui portoit un
ſac rempli de pain, & qui, croyant
n'en avoir pas encore aſſez, s'en alloit
frappant de porte en porte, & ac-
cumuloit toujours pain ſur pain, juſqu'à ſuccomber ſous le faix, comme
font des gloutons que rien ne peut
raſſaſier. Roland l'aborde avec ſon
bâton à la main, & lui dit : Frere,
donnez-moi un pain, je vous en

conjure par votre cordon, par vos galoches, & par vos culottes de laine. O Jefus - Chrift ! s'écria le Frere en foupirant, & il fe met à trotter de toute fa force ; mais Roland, plus lefte qu'un chat, le faifit par fa robe, qui fe retrouffe; & ce qu'il y avoit de plaifant, c'eft que le Frere, contre les ordres de fon Général, n'avoit pas mis fes culottes ce jour-là. Arrête, dit Roland, pourquoi t'enfuis-tu ? J'ai compaffion de te voir porter un fardeau fi lourd. Alte là, Frere. Tu te démenes plus qu'un baudet fous fa charge. M'entends-tu, poltron? Si tu bouges encore, tu verras que je fuis auffi prodigue de coups que tu es avare de ton pain.

A ces mots il fe met à lui fecouer la pouffiere de fa robe à grands coups de bâton fi bien appliqués, que le Frere en perdit patience, & jeta fon fac à terre

D v

pour gagner au large. Roland victorieux fe faifit du pain & s'efquive
au plus vîte, fans regarder derriere
lui. Sa mere qui le voit arriver avec
un fardeau fi pefant, commence à
le blâmer de ce qu'il fe donne tant
de mal ; mais, en voyant le pain,
elle changea d'avis. Mangez , lui dit
Roland, je vous apporte le pain
de douleur; & dans le même inftant il en croque un , puis deux ,
puis trois, enfin il alla jufqu'au cin-
quieme. Berthe le regardoit avec
plaifir & lui dit en fouriant : mon
fils , nous avons là du pain pour un
mois. Je veux en envoyer une partie
au Monaftere , car autrement il de-
viendra fi dur , qu'il nous faudroit
avoir une enclume & un marteau
pour le brifer ». J'aime mieux que
ce foient les merles qui le mangent, repliqua Roland , que d'en
donner une bouchée à des Moines.
Tenez , ma mere, ne me parlez

plus de la forte.... Des feves avec
leurs écoffes doivent être la nourriture de ces gloutons. Au contraire, fi vous n'avez pas envie d'augmenter votre progéniture , vous
ferez bien de vous tenir éloignée
d'eux , & s'ils viennent vous chercher dans la caverne, prenez-moi
la perche qui eft derriere la porte
& frottez-en bien leurs épaules ;
faites ce que votre enfant vous
confeille , & s'ils veulent vous prê-
cher la Foi, dites-leur qu'un Laïc
en a plus qu'un Moine.

En achevant ces mots , il prend
fon bâton & retourne à la ville.
Mais il eft incontinent arrêté par
les Archers qui le lient & l'em-
portent fur leurs bras , tandis qu'il
s'agite pour brifer les cordes, &
qu'il mord le cou à celui qui le
tient. Enfin le voici en préfence du
pere d'Olivier, Seigneur du lieu.
Eft-ce là, dit-il, ce petit téméraire

qui craint ſi peu ma puiſſance?
Qu'il comprenne à préſent que ſa
force eſt comme la cire devant le
feu, ou comme la neige aux rayons
du ſoleil. Couchez-le à terre. Petit
effronté, ne ſais-tu pas que le renard
finit par tomber dans le piege? Tu
n'es pas encore plus long que le
doigt & tu t'imagines pouvoir eſca-
lader le Ciel. Petit préſomptueux,
petit coquin, je devrois te rendre
juſtice en te faiſant fouetter juſqu'au
ſang.

Roland s'écria: Ciel! faut-il que
je ſois garotté? ſi j'avois les bras
libres, je te ferois bien voir, à toi qui
m'appelles coquin, que tu l'es plus
que moi. Je ſuis né d'un ſang illuſtre,
car Milon eſt mon pere, que Charlemagne a banni de ſa Cour, contre
toute eſpece de raiſon. C'eſt pour
quoi tu parles comme un inſenſé, &
tu ne ſais pas que celui qui parle trop
s'en repent à la fin. Tu crois avoir af=

faire à un voleur, & tu t'adreffes à
Roland ; mais tu n'auras pas toujours cet avantage, fi mon pere
vient à favoir le tort que tu me
fais. Otes-toi de là, & laiffe - moi
fortir, car tu pourrois bien trouver
ton maître. Si j'ai caffé le nez à
ton fils Olivier, il a commencé lui-
même par m'enfoncer un œil, &
par me rompre la mâchoire. Ordonne tout - à - l'heure qu'on m'ôte
ces cordes, ou je les briferai par
mes efforts. Allons, ne fais pas la
fourde oreille, car je vois ta ruine
qui pend fur ta tête. Je parle de
Milon. Dejà il fe mord les doigts,
impatient de faire craquer tous les
os de ton corps, & de te donner en
proie aux chiens toi & tous ceux
de ta race.

Quand Rainier entendit ces menaces terribles, & qu'il vit devant fes
yeux un petit Milon qui avoit déjà
tous les traits & l'audace de fon pere,

il changea de couleur , & ne put
s'empêcher de verser des larmes en
voyant le fils de son ami faire le
mendiant. Il commande auffi - tôt
qu'on lui ôte fes cordes , ce qui
eft exécuté fur-le-champ. Le petit
Roland , devenu libre ne s'arrête
point dans la chambre du Gouverneur , mais il court en fautant fur
l'efcalier avec autant de vîteffe que
s'il avoit des aîles aux talons. Une
foule prodigieufe d'enfants le fuivent
en jetant des cris , & l'accompa-
gnent jufqu'à l'entrée de fa grotte ,
où Roland , comme un bon Pafteur ,
leur diftribue une partie des pains
qu'il avoit enlevés au Frere quêteur.

C'eft ainfi que Roland fe montroit
dans fon enfance. Quand il fut plus
avancé en âge , il fuivit la trompette
guerriere , & fe fignala par des exploits que la Renommée fait encore
retentir parmi nous. C'eft lui que
l'Ariofte a chanté dans fon Poëme

immortel. On y voit ce Héros qui
fort victorieux de toutes fes entreprifes, qui met à mort les ennemis
les plus terribles, & à qui une belle
femme fait tourner la tête.

F I N.

EXTRAIT

DE

ROLAND

L'AMOUREUX.

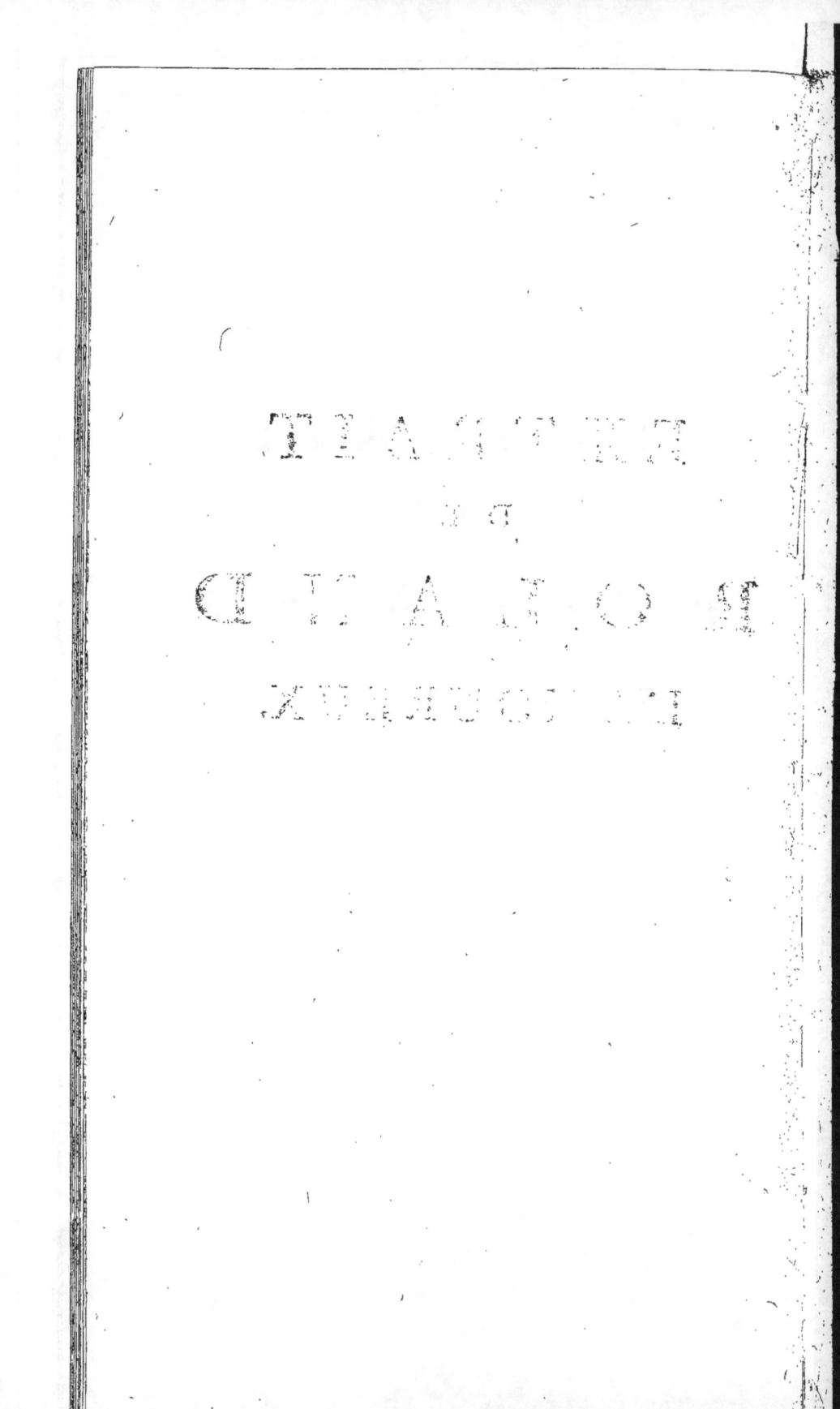

EXTRAIT

DE

ROLAND

L'AMOUREUX,

DE

MATHEO MARIA BOYARDO,
Comte de Scandiano;

Par M. le Comte DE TRESSAN.

A PARIS,

Chez PISSOT, Libraire, Quai des Augustins.

M. DCC. LXXX.

AVEC APPROBATION, ET PRIVILÈGE DU ROI.

A MONSIEUR,

FRERE DU ROI.

MONSEIGNEUR,

C'est avec autant de con-fiance que de respect, que j'ose mettre aux pieds de mon Auguste Grand - Maître la Traduction exacte du célèbre

a

Poëme de l'Arioste, pré-
cédée de l'Extrait de ceux
du Boyardo & du Berni;
c'est au grand PRINCE qui
s'occupe avéc succès à conser-
ver dans la Noblesse Françoise
l'ancien esprit de la Chevalerie,
qu'il m'est bien honorable &
bien cher de dédier ce foible
ouvrage de ma vieillesse.

La permission que vous me
donnez de vous l'offrir, MON-
SEIGNEUR, est une suite de
la protection dont la feue
REINE, Monseigneur LE

DÉDICATOIRE.

DAUPHIN & le ROI DE POLOGNE m'ont honoré pendant une longue fuite d'années : Admis dans leur fociété intime, Monfeigneur le Dauphin me fit admirer dès fon enfance un génie élevé dont la lumière s'étendoit fur toutes les connoiffances ; les faififfant avec rapidité, fon imagination féconde & brillante fe foumettoit cependant aux fages loix de la difcuffion : une étude immenfe, un goût exquis, une juftice éclairée, le flam-

a ij

beau de la Religion , celui de
la ſageſſe , le rendirent de
bonne . heure bien ſupérieur à
ceux qu'il admettoit près de
lui. Nous n'euſſions jamais oſé
lui parler qu'avec timidité ſi
la bonté , la gaieté , les charmes répandus dans ſa conver-
ſation n'euſſent raſſuré , n'euſſent attaché notre cœur autant
qu'il ſe ſoumettoit notre eſprit.

Ah ! M O N S E I G N E U R ,
vous avez adouci l'amertume
des larmes que , juſqu'à mon

dernier soupir, je verserai sur son tombeau ! Le Protecteur que j'adorois renaît pour la France dans ses Augustes Fils ; je viens de peindre ce que nous admirons en vous, ce que vous nous faites respecter & aimer ; en rappellant la mémoire de votre Auguste Pere, vos bienfaits, MONSEI-GNEUR, votre protection sont le soutien & la consolation des derniers jours de son ancien serviteur ; c'est à ses mânes sacrés, c'est au digne Fils de

ce grand P R I N C E qu'accablé
par les regrets & par les ans,
mes mains tremblantes ofent
offrir cette Traduction dont il
n'eût point dédaigné l'hommage.

Je fuis, avec le plus profond refpeɛ,

DE MONSEIGNEUR,

Le très-humble, très-obéiffant &
très-attaché Serviteur,
LE COMTE DE TRESSAN,
Lieutenant Général des Armées du Roi, &
Commandeur de l'Ordre de Saint Laʒare,

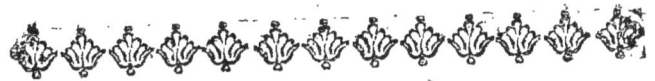

DISCOURS
PRÉLIMINAIRE.

PLUSIEURS perſonnes, dont le pouvoir eſt abſolu ſur mon eſprit & ſur mon cœur, ſe ſont réunies pour me faire entreprendre la Traduction de l'*Orlando Furioſo.* Je ſens combien il eſt téméraire (& ſurtout à mon âge) d'eſſayer de rendre en proſe françoiſe un Poëme ſublime & charmant. L'Arioſte également harmonieux & fécond, laiſſe voler ſa brillante imagination, embraſſe tous les genres, ſaiſit tout ce qui l'amuſe, & varie tous ſes chants depuis l'héroïſme d'Homere, juſqu'à la plus folle des plaiſanteries de Lucien.

a iv

On courroit rifque de tomber
dans bien des écueils & quelque-
fois dans une trifte monotonie, fi
l'on s'attachoit à faire une verfion
littérale, & fi l'on ne fe permettoit
pas même de fupprimer quelque-
fois ce qu'il eft facile de voir que
le Poëte n'a placé que pour remplir le cadre de l'efpèce de ftrophe
à laquelle il s'eft affujetti.

Je crois n'avoir pas befoin de
m'excufer fur ce que je me fuis
écarté, pendant peu de momens,
de mon Auteur dans la Traduction
de quelques ftrophes & de quelques paffages que le célèbre Mé-
taftafe, toujours noble & modefte, ne fe permettroit pas de
nos jours.

Ceux qui prétendroient trouver une verfion fcrupuleufement exacte dans ce que je vais effayer d'écrire , feront très - bien de me condamner d'avance : je les avertis moi-même que je ne prétends qu'à faire une Traduction approchante , s'il m'eft poffible , de ce Poëme divin , & d'en être avoué par des Italiens qui connoîtront le ton & l'efprit de la langue françoife.

Peut-être quelques Critiques rigoureux trouveront-ils encore que ma prétention eft trop forte en me fervant du mot de *Traduction ;* mais je ne difputerai pas contre eux.

C'eft uniquement pour vous que j'écris, (dirai je comme mon Auteur,) Hommes d'un goût éclairé !

Femmes aimables & spirituelles !
vous qui m'ordonnez de vous pré-
senter en françois l'*Orlando Furioso;* vous qui jugerez (d'après les
Muses & les Grâces,) le foible ouvrage d'un Vieillard ! Mais je dois
auparavant vous rendre compte
de la marche que j'ai cru devoir
suivre pour ne pas m'écarter de
celle de mon Auteur, & je vais
m'expliquer devant vous sur ce
que j'entends (bien ou mal) par le
mot *traduire.*

J'imagine donc que traduire un
ouvrage , & sur-tout le Poëme
d'un Auteur tel que l'Ariofte ,
c'est s'élever & s'attacher autant
qu'il est poffible , à faifir son ton , à
s'imprégner de son génie, à suivre
la marche de ses idées ; c'est faire

tous ses efforts pour faire passer d'une langue à l'autre le vrai sens de l'Auteur & le caractère de son ouvrage. Je ne sens que trop, que pour répondre à cette idée, il faudroit rendre énergie pour énergie, sentiment pour senti-ment, fleurs pour fleurs, & gaité pour gaité : je suis bien loin d'atteindre à cette perfection, & je serai toujours bien au-dessous du Poëte Ferrarois ; mais du moins j'ose espérer que les Gens éclairés d'Italie, ainsi que ceux de France, auxquels la Langue Italienne est familière, me sçauront quelque gré de ne m'être jamais écarté du véritable sens de mon Auteur ; ils auront la justice de ne pas exiger de moi qu'une prose françoise

atteigne à l'élévation, à l'harmonie, aux charmes de la poëſie italienne; ils retrouveront les mêmes
images, & lorſqu'ils les verront
décolorées dans ma copie, ils me
plaindront de n'avoir pu charger
ma palette des brillantes couleurs
qu'un Raphaël, un Titien, un
Corrége ſavoit broyer & préparer
pour la ſienne.

J'oſe eſpérer auſſi que ceux de
mes Compatriotes, qui ne connoiſſent pas encore les charmes
de la poëſie italienne, auront une
idée plus approchante de l'*Orlando
Furioſo*, que celle qu'il s'en ſont
formée juſqu'à ce jour, & c'eſt un
moyen de les animer à ſe mettre
en état de lire ce Poëme charmant
dans ſa langue.

Toutes les difcuffions dont je pourrois rendre compte au fujet de l'*Orlando Furiofo ;* toutes celles que je pourrois faire moi-même, me paroiffent inutiles & décidées par un feul fait : tout homme d'efprit & de goût, qui lit ce Poëme depuis fon exiftence, le relit en y trouvant toujours de nouveaux charmes, & il ne le quitte jamais fans l'efpérance & le defir de le relire encore.

AVERTISSEMENT.

IL est absolument nécessaire pour avoir l'intelligence de l'Orlando Furioso, de connoître un peu les ouvrages des Poëtes & des Romanciers qui parlent de Roland. Nous ne pouvons mieux faire que de renvoyer les Lecteurs aux deux Tomes de la Bibliotheque des Romans des mois de Novembre & Décembre 1777. Ils y trouveront l'Extrait de plusieurs Auteurs qui célèbrent les exploits de ce fameux Comte d'Angers, neveu de Charlemagne, qu'ils disent être fils de Milon, Comte d'Aglante, & de Berthe, sœur de cet Empereur.

Le plus singulier des ouvrages qui précèdent l'Orlando Innamorato de Mathieu-Marie Boyardo, Comte de Scandiano, c'eſt le Poëme de Ludovico Pulci, intitulé il Morgante. L'extrait que l'on trouve de cet ouvrage dans le Tome du mois de Novembre, que nous venons de citer, eſt plein de cette érudition également agréable & ſûre qui ſemble ſe cacher ſous les fleurs dans les extraits du Pulci, du Boyardo, du Berni & de l'Arioſte. Nous déſirons que les Lecteurs de cette Traduction exacte de l'Orlando ayent recours à l'ouvrage qui peut le mieux les éclairer & leur plaire; il en coûte cher à mon cœur de n'oſer rendre un hommage public à l'Auteur de ces Extraits, pour lequel je partage la reconnoiſſance que lui doit le Public.

Nous nous croyons cependant obligés de donner une légère idée des derniers Poëtes Italiens qui chantèrent les exploits de ROLAND, de RENAUD & de ROGER, à ceux qui ne feront pas à portée de lire tout ce que l'aimable & favant Auteur des Extraits, que je viens de citer, a raffemblé fur ce fujet.

Le Poëme de l'Ariofte femble n'être qu'une fuite de celui du Boyardo ; le beau génie du premier Auteur paroît s'être captivé d'abord à fuivre la marche & les idées du fecond : mais bientôt prenant un vol plus rapide, il s'élève au-deffus de fon fujet, & fa fertile & brillante imagination répand fur tout fon ouvrage une nobleffe, une variété

& des beautés bien supérieures à celles du Boyardo * ; il paroît aussi que ce n'est qu'au projet de traduire l'Orlando Furioso, que nous devons la Traduction libre que l'ingénieux M. le Sage a fait de l'Orlando Innamorato, qu'il étoit absolument nécessaire d'avoir lu pour avoir l'intelligence du Poëme de l'Arioste, & connoître les personnages qu'il y met en action.

Mathieu-Marie Boyardo, Comte de Scandiano, mort Gouverneur de

---

* Un grand Prince que le respect m'empêche de nommer, m'a fait l'honneur de me dire à ce sujet : » Toutes les continuations qu'on a » faites des ouvrages renommés, ont paru » toujours plus foibles que le commencement, » & j'en admire d'autant plus la supériorité » de l'ORLANDO FURIOSO, sur l'ORLANDO » INNAMORATO. « Note du Traducteur.

Reggio, étoit savant pour son siè-cle : il aimoit la poësie ; & le goût dominant de son temps pour les Romans de Chevalerie se joignant à celui qu'il avoit pour les ouvra-ges des Anciens, il se crut l'acquit & les talens nécessaires pour com-poser un Poëme d'un genre mixte entre le merveilleux qui regne dans l'Iliade & l'Énéïde, & l'exagéra-tion qui domine dans la narration des anciens Romans : ce Poëte avoit trop présumé de ses forces & de la durée de ses jours : il mourut en laissant son ouvrage très-impar-fait. Un Vénitien, nommé Nicolas Agostini, entreprit d'achever l'Or-lando Innamorato ; il ajouta trois chants très-inférieurs aux premiers, & donna l'édition de ce Poëme telle

qu'il l'avoit préparée pour paroî‑
tre.

Francesco Berni crut avoir les
mêmes droits qu'Agostini à s'em‑
parer de l'Orlando Innamorato : il
retoucha tout le Poëme, tel qu'il
étoit alors ; il y joignit sa propre
invention, & l'embellit par des vers
bien plus élégans & plus harmo‑
nieux que ceux d'Agostini ; mais
ce Poëte se livrant trop à la bouf‑
fonnerie licencieuse & souvent du
plus mauvais ton, qu'il avoit por‑
tée dans ses autres ouvrages, au
point d'avoir donné son nom aux
Poësies burlesques qui parurent
après lui, s'éloigna souvent de
la manière & du ton noble du
Boyardo.

Cependant, les Italiens ont pres‑

que tous donné la préférence au travail du Berni sur celui d'A-gostini ; son imagination souvent gaie jusqu'à la folie, la finesse & l'agrément de son expression, & sur-tout l'harmonie, caractère de la poësie, aussi nécessaire qu'il est sublime, ont constaté sa supériorité sur le Poëte Vénitien.

C'est l'ouvrage du Berni, imprimé pour la première fois en 1542, dont M. le Sage a fait une Traduction libre & fort abrégée ; c'est le même qu'on a réimprimé en 1778 dans sa langue maternelle. L'Arioste étoit trop supérieur aux Poëtes dont je viens de parler pour s'abaisser à retoucher l'ouvrage du Boyardo. On pourroit imaginer différens motifs au parti qu'il prit de *ne donner son Poëme que comme une suite de l'Orlando Innamorato ; peut-être fut-il bien aisé de montrer combien il pouvoit s'élever au-dessus de tous ceux qui l'avoient précédé ; peut-être crut-il plaire à son siécle en donnant un nouvel éclat à l'espèce de poësie à laquelle le Pulci & le Boyardo l'avoient accoutumé ; peut-être aussi fut-il entraîné par le desir qu'il avoit de plaire à ses Maîtres ; & quoique l'illustre Maison d'Est n'eût pas besoin de mêler une fable à la splendeur & à l'antiquité de son origine, l'Arioste crut en augmenter le lustre en la faisant descendre de Roger & de Bradamante, & par conséquent d'Hector & des anciens Rois de Phrygie.*

Après avoir fait connoître les Auteurs & les ouvrages antérieurs ou contemporains de l'Ariofte, nous devons à nos Lecteurs de leur donner une idée préliminaire de la naiffance, des emplois & du caractère du grand Poëte dont nous avons traduit l'ouvrage. La vie de tous ceux qui portent l'excellence dans leur art eft toujours intéreffante ; la fiction fut trop embellie par l'Ariofte, il contribua trop à perfectionner le goût en Europe, pour que nous n'aimions pas à connoître l'Auteur qui nous en donna les plus charmantes leçons.

ABRÉGÉ

DE LA VIE

DE L'ARIOSTE,

EXTRAITE

De Simon Fornari,
de l'Abbé Pezana,
&c.

Ludovico Ariosto na-
quit d'un sang illustre en Italie :
ses pères étoient sortis de Bologne

pour s'établir à Ferrare cent ans
avant sa naiſſance. Le Comte
Nicolo Arioſto ſon père étoit
Gouverneur de Reggio, & l'heureux époux de la belle Daria Ma-
laguzza née d'une ancienne &
noble maiſon de cette ville : dix
enfans furent le fruit de leur
union ; Ludovico étoit l'aîné de
tous : ſon père étant peu riche, &
connoiſſant les heureuſes & brillantes diſpoſitions de ce fils à devenir un homme d'un ordre ſupérieur, ne négligea rien pour ſon
éducation, & pour le mettre en
état d'être un jour le ſoutien de
ſa nombreuſe famille.

Le beau génie de l'Arioſte ſe
développa de bonne heure ; mais
entraîné par l'amour de la Poëſie

&

& des Belles-Lettres, il négligea les connoiffances que fon père defiroit qu'il poffédât. Les jeux de fon enfance reffemblèrent à ceux d'Ovide : il effuya fouvent les mêmes reproches , & les Mufes s'emparèrent de celui qu'elles deftinoient à fuivre & illuftrer leurs travaux. Plufieurs petites pièces qu'il compofoit & qu'il jouoit avec fes frères & fes fœurs , furent le prélude de fes ouvrages ; cependant la tendre amitié qui l'unit avec Pandolphe Ariofto fon parent , plus âgé que lui de quelques années & verfé dans la Littérature Grecque & Latine , lui donna l'émulation d'acquérir le riche fonds qu'on voit répandu dans fes ouvrages. Le fçavant Grégoire de

b

Spolette foutint le goût que le jeune Poëte avoit pris pour l'inftruction, & la lui rendit facile. Déjà l'oraifon la plus élégante que Ludovico prononça fur les règles qu'on doit fuivre, & l'efprit qu'on doit apporter dans fes études, fit connoître à la ville de Ferrare qu'elle élevoit dans fon fein un génie propre à l'illuftrer ; & fon père jouiffoit du bonheur d'entendre fes compatriotes donner fon fils pour modèle à leurs enfans. Lorfqu'il mourut, il laiffa ce fils aîné peu riche & à la tête d'une nombreufe famille.

Ce fut dans ce même temps que l'Ariofte eut auffi le malheur de perdre ce Pandolphe Ariofto, fon parent & fon meilleur ami.

Son défefpoir fut extrême ; les Malaguzzi dont il étoit parent par fa mère, l'arrachèrent à la douleur profonde dont il étoit pénétré, l'aidèrent dans les foins qu'il avoit à prendre de fa famille, & l'attachèrent au célèbre Cardinal Hyppolyte d'Eft qui traita l'Ariofte avec la diftinction due à fa naiffance & celle que méritoient fes fublimes talens : Hyppolite en avoit trop lui-même pour ne pas connoître le prix de ceux de l'Ariofte, & perfonne n'étoit plus perfuadé que lui que les grands Princes honorent leur vie en protégeant ceux qui fçavent s'élever par leurs lumières & leurs dons naturels au-deffus d'une multitude qui ne leur eft qu'inutile par fon

b ij

ignorance, & par l'indolence ou
la dépravation de fes mœurs. Jules
Second donnoit alors à l'Europe
le fpectacle de voir un Souverain
Pontife, la tête plus fouvent couverte d'un cafque que d'une thia-
re; & le Cardinal Hyppolite qui
fentoit bouillonner dans fes veines
le fang qu'il avoit reçu de tant
de Héros, fe crut en droit de l'i-
miter. Hyppolite combattit fouvent, remporta des victoires figna-
lées fur les Vénitiens : il fe montra l'égal de fon frère Alphonfe
Duc de Ferrare à la tête des armées ; les frères de l'Ariofte com-
battirent fouvent fous fes ordres
avec gloire ; & Ludovico fut de
même employé fouvent par ce
Prince en des négociations diffi-

ciles, & dont ce favori s'acquitta toujours avec succès.

Léon X, successeur de Jules, connut tout le mérite de l'Arioste; & ce Pontife, occupé comme tous les Princes de Médicis d'être le Restaurateur des Arts & des Lettres, envia souvent ce grand Poëte à la Maison d'Est à laquelle l'Arioste étoit & fut toujours inviolablement attaché. Quelques ennemis secrets essayèrent cependant de répandre des nuages sur la réputation de l'Arioste, & de le troubler dans la faveur dont il avoit toujours joui près de ses maîtres. Quelques légères satyres que l'Arioste avoit fait, lorsqu'il essayoit les différens genres auxquels sa Muse devoit s'attacher, furent le vain prétexte dont ils osèrent se servir pour répandre sur le caractère le plus noble & le plus loyal le vernis de la méchanceté : sept ou huit de ces satyres nous sont restées avec quelques Imitations des Comédies de Plaute, & cinq autres Comédies de son invention qui méritèrent l'approbation de l'Italie, surtout celle intitulée *i Suppositi*.

Le Cardinal d'Est n'eut point l'injustice d'écouter les noirceurs inventées contre l'Arioste. Les plus célèbres Auteurs contemporains n'ont pas même rapporté le prétendu mot que l'on attribue à ce Prince, lorsque l'Arioste lui présenta son Poëme. Nous conviendrons facilement que l'histoire de l'Hermite, celle de Joconde & de la coupe enchantée auroient pu mériter ce mot dans un siècle où la Langue Italienne auroit été plus sévère ; mais s'il eſt vrai que le Cardinal Hyppolite l'ait dit, ce mot ne peut être regardé que comme une plaiſanterie fort douce, ſous le Pontificat de Léon X, & dans le temps où les Princeſſes de la vertu la plus rigide, telles que Marguerite ſœur de François Premier, Iſabelle de Gonzague & pluſieurs autres Dames célèbres applaudiſſoient avec les Papes & tout le ſacré Collége au Poëme ſublime de l'*Orlando Furioſo.*

Il eſt vrai que l'Arioſte, dont la complexion étoit délicate & af-foiblie par un long travail, ne put fuivre le Cardinal en Hongrie, & l'on fçait quel eft le pouvoir que prennent à la fin fur les Princes quelques flatteurs qui les fervent avec affiduité ; s'ils ne peuvent réuffir à détruire abfolument un homme eftimable dans fon efprit, ils parviennent du moins par leurs petites méchancetés répétées, à diminuer quelque chofe de la bonté & de la douce familiarité dont le Prince l'honore. Cependant à fon retour Hyppolite montra toujours la plus haute eftime pour ce Poëte fublime; & lorfque ce Prince mourut un an avant Léon X, le Duc Alphonfe fon frère s'attacha l'Ariofte par fes bienfaits & bien plus encore par la bonté conftante qu'il eut pour lui : nous

ignorons le nom des ennemis de l'Ariofte, mais nous fçavons qu'il fut honoré pendant trente ans de la fociété intime de fes maîtres, & qu'il fut long-temps employé par eux dans plufieurs charges qu'il remplit toujours avec honneur.

Le Bembo, le Sadoleto, le Cardinal Bibiéna, Paul Jove, tous les Sçavans & les Poëtes que le beau fiècle de François Premier & de Léon X peut compter parmi ceux qui l'ont illuftré, furent les amis de l'Ariofte : il n'en perdit aucun par fa faute, & l'honnêteté de fes mœurs lui conferva ceux que fa mufe & fes ouvrages lui avoient acquis.

C'eft dans la pleine faveur d'Al-

phonse, c'eſt honoré de ſes regrets & de ceux de tous les gens
éclairés de l'Europe, que l'Arioſte
termina ſa carrière dans la cin-
quante-neuvième année de ſon
âge.

L'année 1532, qui précéda
celle de ſa mort, fut la plus glo-
rieuſe de ſa vie, Charles Quint
l'ayant couronné lui-même des lauriers de Pétrarque, dans la ville
de Mantoue. Il mourut dans celle
de Ferrare, le mois de Juillet
1533; ſes compatriotes élevèrent
un monument à ſa mémoire dans
l'Egliſe des Bénédictins, & les
Muſes de toutes les Nations poli-
cées le couronnèrent de fleurs.

Le célèbre Titien ſe plut à rendre les traits & la belle phyſio-

nomie de l'Ariofte avec autant de
force que de vérité : il étoit grand
& bien fait, quoique la longue
habitude du travail eût un peu
courbé fes épaules ; fes yeux pleins
de feu nous annoncent celui qui
brilloit dans fon efprit & qui brûloit fon cœur : on croira fans peine
qu'il eut fouvent l'amour pour
maître, & qu'il en fut bien ou
mal traité tour-à-tour. Quelques
événemens de fa vie raffemblés
par Simon Fornari, donnent lieu
de foupçonner qu'il porta plus
d'une chaîne ; mais s'il ne fut pas
le plus conftant des amans, il en
fut du moins le plus paffionné. Il
n'eft aucun trait féducteur dont il
ne fe plaife à parer la beauté qui
l'infpire, & plufieurs portraits

charmans qu'il nous préfente dans fon Poëme paroiffent avoir été peints d'après l'image qu'il portoit alors gravée dans fon cœur ; on reconnoît jufques dans les plus petites chofes à quel point fon imagination étoit excitée & fou-mife à fa paffion préfente. Ayant fuivi fon ami Nicolo Vefpucci qui le retint quelque temps au milieu de fa famille dans la maifon qu'il habitoit à Florence, il y devint amoureux d'une belle-fœur de fon ami ; & la voyant un jour broder une vefte de brocard d'argent avec des filets de pourpre, l'idée des belles mains qui formoient cet ouvrage, refta fi préfente à fon amant, que même en racontant le combat fanglant de Mandricard contre Zerbin, il compare la longue bleſſure que reçut ce dernier au filet de pourpre qu'il avoit vu tracer par les mains d'albâtre qui l'avoient enchaîné.

L'Arioſte étoit trop aimable pour n'être pas ſouvent heureux : on eſt bien tenté de croire, lorſqu'on lit le Fornari, que le charmant portrait d'Olympe eſt tracé d'après celle qui le rendit père de deux fils , dont l'aîné nommé Jean-Baptiſte prit le parti des armes, & dont le ſecond nommé Verginio conſacra ſes études & ſa vie à ſervir l'amour & les Muſes, comme celui dont il avoit reçu le jour : l'Arioſte donna tous ſes ſoins à rendre ce fils digne de marcher ſur ſes traces ; mais la

tendreſſe qu'il avoit pour lui ne
put le déterminer à le mettre en
droit de porter ſon nom ; l'amour
de la liberté l'empêcha non-ſeule-
ment de ſe plier au joug de l'hymen ; mais il ne lui permit pas
même de ſe rendre aux vives ſol-
licitations de ſes maîtres & de
Léon X, qui le preſſoient d'entrer dans la ſimple Cléricature,
pour qu'ils puſſent le nommer à
de riches Bénéfices, & l'élever
peut-être aux plus grands honneurs
de cet Etat. L'Arioſte écrivit même à ce ſujet :

Se a perder s'ha la libertà, non ſtimo
Il piu ricco Capel, che in Roma ſia.

Quelques infidélités que l'Arioſte
ait peut-être eſſuyées dans ſes

amours, nous fommes bien éloi-
gnés de chercher à l'excufer de
toutes les imprécations qu'il met
dans la bouche de Rodomont ;
nous lui pardonnerions plutôt celles
qu'il place dans un de fes prolo-
gues contre l'avarice : on peut
être furieux, défefpéré, mais on
doit pardonner à celle qu'un nouvel amour entraîne ; il eft atroce
de vouloir brifer l'autel au pied
duquel on a facrifié ; il eft un peu
plus excufable de fe plaindre avec
amertume de celle qu'un vil inté-
rêt domine & rend infidelle ; mais
quiconque a confacré fa lyre & fa
vie à chanter & fervir l'amour &
la beauté, doit avoir prévu tout
ce qui peut troubler fon bonheur.
Nous allons voir l'Ariofte toujours

prêt à se soumettre à la chaîne, qu'il ne fait que secouer sans la rompre; & son vieux Traducteur se trouveroit heureux de pouvoir encore l'imiter.

Non - seulement l'Empereur Charles-Quint, le Duc de Ferrare, celui de Milan, & la République de Venise se plurent à faire inscrire les éloges & l'approbation qu'ils donnèrent au Poëme de l'Orlando Furioso, lorsque l'A-rioste, après l'avoir porté jusqu'à quarante-six Chants, le fit imprimer en 1532; mais cette première Edition fut honorée pareillement par le Pape Clément VII; & la révolution d'un siècle étoit à peine écoulée, que l'on comptoit déjà soixante & dix Editions de cet

Ouvrage : il n'en est aucune, qui ne soit décorée par les vers & les louanges des plus beaux Esprits de l'Europe ; nous croyons donc être en droit de nous conformer à l'opinion del Signor Abate Mazea, lorsqu'il compare ceux que l'humeur, le manque de goût ou l'injustice ont rendus les détracteurs de l'Arioste, à ces Paysans grossiers qui s'étoient rassemblés pour attaquer Roland dans sa folie.

Per far al Pazzo un Villanesco assalto.

Nous n'avons garde de décider quel est le nom qui doit être donné au Poëme de l'Orlando ; le manque d'unité d'action met en droit les Critiques de lui disputer le titre de Poëme Epique, quoique le tiſſu de l'ouvrage ſoit lié par des rapprochemens ingénieux, & bien faciles à ſaiſir : Eh qu'importe, après tout, que ce Poëme s'éloigne des loix rigides de l'Epopée, il n'en eſt que plus original. Il oblige le Lecteur qui lui refuſera le nom d'Epique, à s'efforcer d'en inventer un autre pour le caractériſer; mais ce nouveau nom, malheureuſement, ne pourra jamais s'appliquer à quelqu'autre Ouvrage qui réuniſſe tout ce que nous aimons & admirons dans celui-ci. Nous aurons la même diſcrétion & la même prudence, pour ne point décider entre la *Gieruſalemme Liberata* & l'*Orlando Furioſo* : les Eſprits les plus

éclairés se font partagés de tout
temps, & se partagent encore dans
le jugement qu'ils portent fur ces
deux beaux ouvrages : la plus
grande louange qu'on puiffe donner à tous les deux, c'eft de tenir
la balance dans fon équilibre : cependant les loix du vrai goût font
invariables, & puifque l'un &
l'autre parti trouve des raifons fuf-
fifantes pour s'efforcer de faire
pencher un des côtés de la balance, nous croyons que ceux qui
font entraînés à fuivre l'une ou
l'autre opinion, le font beaucoup
plus par le fond de leur caractère, & par le fentiment intérieur
de mélancolie ou de gaieté qu'ils
apportent dans cet examen, que par
des raifons victorieufes qui frapent

également tous les esprits véritablement éclairés. On ne pourra douter que le Rajeunisseur des Amadis ne soit du nombre de ceux qui reconnoissent l'Ariofte pour leur Maître, puisqu'à la fin de son quinzième lustre, ce Poëme enchanteur l'anime encore assez pour qu'il ose essayer de le rendre plus familier à ses Compatriotes; il peut dire même que c'est de l'aveu d'Uranie qu'il rend hommage à ce Poëte divin; & qu'en combattant pour la gloire de l'Ariofte, il suit toujours l'étendard de Galilée, dont il va rapporter & traduire une Lettre, que ce grand Homme écrivit à son ami Francesco Rinuccini: personne ne disputera sans doute à Galilée la jus-

teſſe & la force de ces grandes
combinaiſons qui ſont la baſe de
toutes les loix , & même de celles
du goût; pluſieurs Géomètres tranſ-
cendans de nos jours doivent nous
faire ſentir de quel poids doit être
l'opinion de Galilée, & nous preſ-
fer de croire que la juſteſſe de l'eſprit nous aſſure preſque toujours
de ſa juſtice.

TRADUCTION

DE LA LETTRE

DE GALILÉE,

Au Seigneur FRANÇOIS RINUCCINI.

JE médite souvent sur ce qui peut me rendre le plus coupable, ou de garder le silence avec Votre Seigneurie, ou de lui écrire sans lui rendre compte des raisons qui déterminent ma préférence entre nos deux grands Poëtes Héroïques; je desirerois lui obéir & la satisfaire, & cela m'eût été plus facile, si je n'avois perdu par un malheureux hafard un exemplaire du Taffe fur lequel j'avois fait des notes marginales : je m'étois amu-fé pendant le cours de plufieurs mois, & même d'une année, à raffembler les paffages les plus agréables de ces deux Poëtes, & furtout ceux qu'on peut comparer l'un à l'autre : je conviens que l'Ariofte me paroît fupérieur pour le nombre & pour l'agrément de ces différens paffages ; par exem-ple, la fuite d'Angélique me pa-roît bien mieux peinte que celle d'Herminie : je préfère Rodomont au milieu de Paris, à Renaud lorf-qu'il entre dans Jérufalem. On ne peut faire d'autre appréciation, que de l'extrême fupériorité au médiocre, lorfque l'on compare la Difcorde furieufe née dans le camp d'Agramant, avec les foibles differenfions qui s'élèvent dans celui de Godefroy : l'amour de Tancrède pour Clorinde, celui d'Herminie, me paroiffent bien ftériles & bien froids vis-à-vis celui de Roger & de Bradamante. Quels grands événemens n'anobliffent pas cet amour ? Qu'ils font héroïques dans leurs entreprifes ? Qu'ils font intéreffans dans le trouble qui les agite ! C'eft-là qu'on voit peindre avec fidélité tous les tranfports de la jaloufie, les regrets, les plaintes les plus amères, le défefpoir d'une ame déchirée par les parjures dont elle accufe fon amant : mais quel trait fublime !... un regard, un foupir, une feule parole fuffifent pour

calmer

calmer une tendre amante. Eh !
qui pourroit ne pas fentir le
froid & le manque d'invention
dans le portrait & les moyens dont
fe fert la puiffante Armide pour
retenir Renaud? & cette foible
copie peut-elle arrêter les yeux,
vis-à-vis le tableau plein d'énergie
& de grâces qui fait partager au
cœur comme à l'efprit l'enchantement qui retient Roger dans les
jardins d'Alcine?

On ne peut raifonnablement
difconvenir que les motifs de la
difcorde qui s'élève dans l'armée
chrétienne, ne foient foibles jufqu'à la puérilité, en comparaifon
de ceux qui portent la confufion
& la mort dans celle de l'armée
farrafine. On ne voit naître aucun

grand événement des querelles qui
s'élèvent dans le camp de Godefroy, tandis que la fureur & l'éloi-
gnement de Rodomont, la mort
de Mandricard, les blessures &
l'inaction forcée de Roger, le
départ subit de Marphise & de
Sacripant, font la suite de la fureur que les flambeaux de la dis-
corde ont allumée; c'est ainsi que
se prépare l'arrivée de Renaud, la
déroute & la ruine entière de l'armée d'Agramant.

Peut-on ne pas admirer l'obser-
vation fidelle du costume dans
l'Arioste ! quelle vérité dans les
traits qui peignent la téméraire
Marphise toujours prête à refuser
toute espèce de secours, & ne
comptant que sur son bras & sur

fa valeur ! que le courage & la
générofité de Mandricard paroiffent brillans lorfque Zerbin refte
mourant entre les bras d'Ifabelle !
Mais , quelle plus haute idée
peut-on prendre de la perfection
d'un Héros, fi ce n'eft dans les
vertus, les actions de Roger, &
dans les traits avec lefquels il le
peint fans ceffe ! Que n'aurois-je
pas à dire de la conftance & de
la vraie vertu d'Olympe , d'Ifabelle & de Drufile mife en oppofition avec la noire perfidie , les
lâches infidélités de Gabrine ,
d'Origile, & l'inconftante légèreté
de Doralice !

Plus je m'étens fur ce fujet,
plus je fens que j'aurois de chofes à dire, mais elles ajouteroient

peu pour satisfaire l'esprit de Votre Seigneurie & le mien ; & je crois n'avoir rien dit qui ne soit suffisamment connu de tous ceux qui lisent les deux Auteurs.

C'est ainsi que Galilée s'exprime dans sa Lettre. Je peux seulement avouer que je sens une secrette satisfaction à la rendre avec fidélité.

FIN.

APPROBATION.

J'AI lu, par ordre de Monseigneur le Garde des Sceaux, la Traduction de *Roland le Furieux*, à laquelle on a joint, par forme d'introduction, une Analyse de *Roland l'Amoureux*, par M. LE COMTÉ DE TRESSAN; & j'ai cru qu'on pouvoit permettre cette nouvelle & élégante Traduction d'un Poëme qui jusqu'ici en avoit fait désirer une plus digne de l'Ariofte. A Paris ce 20 Juin 1780.

BRET, *Censeur Royal.*

PRIVILEGE DU ROI.

LOUIS, par la grace de Dieu, Roi de France & de Navarre : A nos amés & féaux Conseillers les Gens tenans nos Cours de Parlement, Maîtres des Requêtes ordinaires de notre Hôtel, Grand-Conseil, Prevôt de Paris, Baillifs, Sénéchaux, leurs Lieutenans Civils, & autres nos Jufticiers qu'il appartiendra ; SALUT. Notre amé le fieur PISSOT, Libraire à Paris, Nous a fait expofer qu'il

défireroit faire imprimer & donner au Public
un Ouvrage intitulé, *Traduction de Roland
le Furieux*, par M. LE COMTE DE
TRESSAN, s'il Nous plaifoit lui accorder
nos Lettres de Privilége pour ce néceffaires.
A CES CAUSES, voulant favorablement
traiter l'Expofant, Nous lui avons permis &
permettons de faire imprimer ledit ouvrage
autant de fois que bon lui femblera, & de le
vendre, faire vendre & débiter par tout notre
Royaume, pendant le temps de *dix* années
confécutives, à compter de la date des Préfentes, & encore pendant la vie dudit fieur
DE TRESSAN, fi celui-ci furvit à l'expi-
ration du préfent Privilége, conformément à
l'article IV de l'Arrêt du Confeil du 30 Août
1777, portant Réglement fur la durée des Pri-
viléges en Librairie : Faifons défenfes à tous
Imprimeurs, Libraires & autres perfonnes, de
quelque qualité & condition qu'elles foient,
d'en introduire d'impreffion étrangere dans aucun lieu de notre obéiffance; comme auffi
d'imprimer, ou faire imprimer, vendre, faire
vendre, débiter ni contrefaire ledit ouvrage,
fous quelque prétexte que ce puiffe être, fans
la permiffion expreffe & par écrit dudit Expofant, fes hoirs ou ayans-caufe, à peine de
faifie & confifcation des exemplaires contre-
faits, de fix mille livres d'amende qui ne
pourra être modérée pour la premiere fois,
de pareille amende & de déchéance d'état en
cas de récidive, & de tous dépens, dom-
mages & intérêts, conformément à l'Arrêt
du Confeil du 30 Août 1777, concernant les
contrefaçons : A la charge que ces Préfentes

feront enregiftrées tout au long fur le Regiftre de la Communauté des Imprimeurs & Librairies de Paris, dans trois mois de la date d'icelles; que l'impreffion dudit Ouvrage fera faite dans notre Royaume & non ailleurs, en beau papier & beau caractere, conformément aux Réglemens de la Librairie, à peine de déchéance du préfent Privilége; qu'avant de l'expofer en vente, le Manufcrit qui aura fervi de copie à l'impreffion dudit Ouvrage, fera remis dans le même état où l'Approbation y aura été donnée, ès mains de notre très-cher & féal Chevalier, Garde des Sceaux de France, le fieur HUE DE MIROMÉNIL; qu'il en fera enfuite remis deux Exemplaires dans notre Bibliotheque publique, un dans celle de notre Château du Louvre, un dans celle de notre très-cher & féal Chevalier, Chancelier de France, le fieur DE MAUPEOU, & un dans celle dudit fieur HUE DE MIROMÉNIL, le tout à peine de nullité des Préfentes : Du contenu defquelles vous mandons & enjoignons de faire jouir ledit Expofant & fes ayans-caufe, pleinement & paifiblement, fans fouffrir qu'il leur foit fait aucun trouble ou empêchement : Voulons que la copie des Préfentes, qui fera imprimée tout au long au commencement ou à la fin dudit Ouvrage, foit tenue pour düement fignifiée, & qu'aux copies collationnées par l'un de nos amés & féaux Confeillers Secrétaires, foi foit ajoutée comme à l'original : Commandons au premier notre Huiffier ou Sergent fur ce requis, de faire, pour l'exécution d'icelles, tous actes requis & néceffaires, fans demander autre permiſſion, & nonobſtant Clameur de haro, Chatte Normande, & Lettres à ce contraires; CAR tel eſt notre plaiſir. DONNÉ à Paris le dix-neuviéme jour du mois de Juillet, l'an de grace mil ſept cent quatre-vingt, & de notre Regne le ſeptiéme. Par le Roi en ſon Conſeil.

Signé, LE BEGUE.

Regiſtré ſur le Regiſtre XXI de la Chambre Royale & Syndicale des Libraires & Impri-meurs de Paris, N°. 2042, fol. 375, confor-mément aux diſpoſitions énoncées dans le préſent Privilége, & à la charge de remettre à ladite Chambre les huit exemplaires preſ-crits par l'article CVIII du Réglement de 1723. A Paris ce 15 Septembre 1780.

LE CLERC, Syndic.

EXTRAIT

EXTRAIT
DE ROLAND
L'AMOUREUX.

LE BOYARDO commence par
peindre Gradaſſe, comme ayant
le cœur d'un dragon, la force &
la taille d'un géant. Il eſt Souverain de la grande Séricane, qui
contient la Chine, & la plus
grande partie de l'Aſie. Ce Prince
l'a conquiſe par la force des armes
enchantées ; mais ſes deſirs ne
peuvent être ſatisfaits qu'il n'ait
en ſa poſſeſſion la fameuſe Duran-

A

dal, épée de Roland, & Bayard, cheval de bataille du Paladin Renaud. Rien ne peut réfiſter au tranchant de Durandal: nul courſier ne peut être pareil à Bayard; ce cheval étant Fée, invulnérable, devançant les vents dans ſa courſe, & doué d'une intelligence humaine. Gradaſſe, à la tête de cent cinquante mille hommes, & comptant encore plus ſur ſon bras & ſa valeur, débarque en Eſpagne, y porte la guerre; mais il n'y fait des conquêtes, que pour ſe ménager un point d'appui, des entrepôts, des magaſins, & pour pénétrer après en France.

Marſile, Roi d'Eſpagne, père de Ferragus l'invulnérable, de la jeune & belle Fleur-d'Epine, &

d'Ifolier, lève à la hâte une armée pour s'oppofer à l'incurfion de Gradaffe; mais il eft privé du fecours de Ferragus, du Roi Balugant, du Roi géant Grandonio, d'Ifolier, de Serpentin, & de beaucoup de grands Seigneurs Sarrafins, qui fe trouvoient alors à Paris, attirés par la publication d'un tournoi, que Charlemagne avoit fait préparer.

Ce grand Empereur y tenoit alors fa Cour plénière, en attendant le premier jour du tournoi: il avoit alors dans fa Cour, Othon Roi d'Angleterre, & le Prince Aftolphe fon fils; Didier, Roi de Lombardie; Salomon, Roi de Bretagne; le refte de la Cour étoit compofé de plufieurs Sou-

verains ſes vaſſaux, tels que Naymes, Duc de Bavière, & de ſa
nombreuſe & brillante Chevalerie.
Parmi les premiers Paladins de ſa
Cour, Roland & Renaud, neveux de Charles, étoient auſſi
diſtingués par leur haute renommée que par leur naiſſance.

Roland, Comte d'Angers, fils
de Milon & de Berthe, étoit invulnérable, hors ſous la plante
des pieds : ce héros indomptable
ne pouvoit être égalé que par
Renaud de Montauban, ſon couſin ; celui-ci, fils du Duc Aymon,
avoit pluſieurs frères d'une haute
réputation ; mais Bradamante, ſa
ſœur, ayant embraſſé le parti des
armes, cette guerrière, quoique
fort jeune, & douée d'une beauté

parfaite, étoit à peine furpaffée par la force & la valeur de fon frère Renaud.

L'invincible Roland moins beau, moins galand que ce frère & cette fœur, avoit une âme auffi prompte à s'enflammer, qu'elle étoit intrépide & conftante. Le Marquis Olivier, Duc de Vienne, ornoit la Cour de Charles, avec fes deux fils Aquilant le Noir & Griffon le Blanc, furnommés tous les deux par la couleur de leurs armes enchantées qu'ils tenoient de deux puiffantes Fées qui les avoient élevés. Le perfide Gane-lon, Comte de Mayence, tenoit auffi le plus haut rang dans la Cour de Charles, ainfi qu'Anfelme de Hauterive.

On y voyoit aussi Pinabel, & plusieurs autres Chevaliers de sa Maison, tout aussi lâches, tout aussi
capables des plus grands crimes que
le chef de cette race haïe & mé-
prisé par la Chevalerie, mais assez
adroite pour avoir sçu gagner le
cœur & la confiance de Charles.
Turpin, Archevêque de Reims,
joignoit la valeur à la sainteté de
son état ; il sçavoit même lire &
écrire : c'est d'après lui que les
fastes de la vie de Charlemagne
ont été recueillis, & c'est dans
ses Chroniques que le Boyardo a
puisé les principaux traits & les
événemens de son Poëme.

Telle étoit à-peu-près la Cour
de Charles, quelques jours auparavant que le tournoi commençât.

De grandes fêtes rempliſſoient les jours qui le précédèrent. Ce fut ſur la fin d'un feſtin que Charles vit paroître à ſa Cour quatre redoutables Géans qui conduiſoient au milieu d'eux un jeune Chevalier couvert d'armes magnifiques & portant une lance d'or. Il tenoit par la main la plus charmante perſonne que l'amour & les grâces euſſent embellie de tous leurs dons.

Alde , Armeline , & Clarice , qui juſqu'alors avoient remporté la palme de la beauté , furent obligées de la céder à cette créature céleſte. Clarice , qui connoiſſoit le cœur léger de l'aimable Renaud ſon époux, fut vivement allarmée en la voyant paroître. Renaud, en effet, ne put réfister à tant de charmes; il eut peine à cacher fes premiers tranfports.

Le fier Roland, bleffé d'un trait fatal, fentit pour la première fois tous les feux de l'amour. Quel ravage ne devoient-ils pas faire dans fon âme impétueufe ! Quoique le farouche Ferragus ne refpirât que les combats & le carnage, il fut épris; & cédant à fes defirs naiffans, il jura dans fon cœur de poffléder cette belle, ou de perdre la vie. Aftolphe, tous les Paladins, & jufqu'au vieux & fage Duc Naymes, ne purent la voir, fans en être émus.

Angélique, c'eft ainfi que fe nommoit cette dangereufe beauté, s'avança d'un air modefte vers

Charlemagne : elle ouvrit ſes lèvres de roſes, & d'un ſon de voix
qui retentiſſoit doucement dans
tous les cœurs, elle lui dit que,
fille de Galafron Roi du Cathay,
elle venoit des extrémités de l'O-
rient, avec le Prince Argail ſon
frère, pour admirer ſa ſageſſe, &
la magnificence de ſa Cour ; &
qu'épris de l'amour de la gloire,
ſon frère venoit s'éprouver à la
joûte contre les Chevaliers de ſa
Cour, ſous la condition qu'elle &
ſon frère demeureroient les priſonniers de celui qui pourroit l'a-
battre ; mais auſſi que tous ceux
que l'Argail abattroit, reſteroient
en leur puiſſance : elle ajouta qu'ils
avoient fait tendre leurs tentes
près du perron de Merlin, & que

A v

ceux qui voudroient s'éprouver
contre son frère, en attendant le
tournoi, pouvoient se préfenter à
ce perron dès le lendemain matin. A ces mots, le frère & la
fœur, s'inclinant avec refpect, se
retirèrent d'un air noble & mo-
deste, fans attendre la réponse de
l'Empereur.

Une efpèce de murmure d'admiration fuivit leur départ; tous
les Chevaliers fe fentoient également agités par l'efpoir de faire
une auffi brillante conquête; tous
fe préparoient à combattre l'Argail; tous defiroient la préférence
pour être les premiers à s'effayer
contre lui; & Charles voyant
qu'une difpute dangereufe commençoit à s'élever, impofa fi-

lence, & leur dit que le fort dé-
cideroit quels feroient ceux qui
fe rendroient les premiers au perron de Merlin.

On mêle les noms des principaux Chevaliers dans un cafque ;
on tire.... Le nom de l'aimable
& galant Aftolphe, Prince d'Angleterre, fort le premier ; celui
du féroce Prince d'Efpagne Ferragus fort le fecond ; & la fortune veut que ceux de Roland
& de Renaud ne foient que les
derniers.

Maugis, fils du Duc d'Aigre-
mont, étoit témoin de tout ce
qui fe paffoit alors. Peu redoutable par fa force & fa valeur,
Maugis l'étoit par fes enchantemens ; & depuis Merlin, peu

d'Enchanteurs avoient égalé son
pouvoir. Maugis , peu fufceptible
d'amour, avoit d'abord vu la belle
Angélique avec affez d'indifférence ; mais foupçonnant que la
démarche qu'elle venoit de faire
cachoit quelque deffein funefte
aux Chevaliers Chrétiens, il prit
le plus sûr moyen de s'en éclair-
cir : il courut chercher fon Livre,
& découvrit que Galafron , allié
fecret de Gradaffe , avoit envoyé
fa fille pour féduire les Chevaliers
de Charles par fa beauté ; qu'il
avoit couvert fon fils l'Argail
d'armes enchantées à l'épreuve
des coups de Joyeufe & de Durandal , & qu'il avoit armé fa
main d'une lance d'or, dont le
pouvoir étoit de porter par terre

tout Chevalier dont elle ne feroit qu'effleuier les armes. C'eſt ainſi dirent à Maugis les Eſprits ſoumis à ſes ordres, que Galafron compte enlever les plus redoutables Paladins de Charles, les retenir priſonniers, & le mettre hors d'état de réſiſter à Gradaſſe.

Maugis ſe promet bien de s'oppoſer à ce complot ſi fatal à l'Empire : il s'arme d'un poignard, il ſe fait tranſporter la nuit ſuivante par ſes Démons dans la tente d'Angélique, il eſt prêt à frapper ſon beau ſein ; mais la lueur d'une lampe lui fait voir Angélique à demi-nue & plus belle que Vénus ne parut au Berger Troyen : ſon cœur eſt ému, palpite, & ſa main laiſſe tomber ſon poignard pour

s'occuper d'un foin plus doux :
Angélique fe réveille, fe défend,
appelle fon frère à grands cris ;
l'Argail s'élance dans la tente de
fa fœur, terraffe Maugis, & le ferre
dans fes bras nerveux. Ce ne peut
être qu'un Magicien , s'écrie Angélique : elle fouille Maugis, trouve fon Livre, le parcourt, & la
connoiffance qu'elle a reçue dans
les Indes des Livres propres aux plus
fortes conjurations, la met à portée
d'évoquer les Efprits que ce Livre
lui foumet : ils paroiffent à fes
ordres ; elle fait enlever Maugis :
les Démons le portent au Cathay,
le préfentent à Galafron, l'inftrui-
fent de fon attentat, & Galafron
le fait enchaîner fur la pointe d'un
écueil.

Angélique & l'Argail s'étant délivrés de cet Enchanteur, qui peut feul s'oppofer à leur projet, s'apprêtent à le fuivre.

Le lendemain à peine l'Aurore ouvroit les portes de l'Orient aux chevaux fougueux du Soleil, que le gentil Aftolphe, couvert d'armes brillantes, s'avance près du perron de Merlin : il fonne du cor pour appeller l'Argail qui fort armé de fa lance d'or , le renverfe , le remet entre les mains des quatre Géans, & l'Argail fonne du cor à fon tour pour appeller celui des Chevaliers qui fe propofe pour fuc-céder à celui qu'il a fait fon pri-fonnier.

Le fon du cor retentit au loin ; Ferragus l'entend , & ne doutant pas que le jeune & préfomptueux Aftolphe n'ait fuccombé, il prend une forte lance, & vole pour le remplacer. Ce terrible Sarrafin court contre l'Argail, avec une pleine affurance de la victoire ; mais la lance d'or l'enlève des arçons, & le jette rudement fur le fable. L'Argail faute légèrement à terre, appelle fes quatre géans, & s'avance avec eux pour s'emparer de ce nouveau prifonnier ; mais Ferragus, moins docile qu'Aftolphe, fe relève en fureur, attaque les quatre géans, & malgré leurs coups redoublés, il leur fait mordre la pouffière à tous les quatre, & s'avance contre l'Argail. Celui-ci fe recule deux pas : » Brave Chevalier, lui dit-il, vous favez quelles font les conditions de notre joûte, & vous devez vous y fou-mettre. « Ferragus n'entend point raifon, attaque avec fureur l'Ar-gail, qu'il force à fe défendre. Ferragus porte mille coups en vain, il ne peut entamer les ar-mes du frère d'Angélique; celui-ci brife, entrouvre vingt fois les armes de Ferragus, & fon épée rebondit luifante, fans pouvoir s'abreuver du fang de fon ennemi. Après deux heures de combat, ils perdent haleine, s'appuient fur le pommeau de leurs épées; & Ferragus entre en pour-parler avec l'Argail : » Pourquoi, lui dit-il, cherchons-nous vainement à nous donner la mort ? Je vois bien que tes armes font enchan-

tées , tu peux connoître que je
fuis invulnérable ; une même Religion nous unit ; il eft bien plus
fimple & plus naturel que tu me
donnes librement ta fœur , puifqu'étant fils aîné de Marfile , je
peux la placer fur un des plus
beaux trônes de l'univers. — J'y
confens, lui répond l'Argail , fi
tu conviens à ma fœur , que je
n'ai ni le pouvoir ni la volonté
de contraindre. « Il appelle Angélique ; & Ferragus délaçant fon
cafque , court brufquement au-
devant d'elle, & lui demande fa
main.

Angélique recule d'effroi , à
l'afpect de Ferragus, dont le vifage
africain n'offre que des traits affreux, & dont les yeux femblent

bien plus animés par la fureur que
par l'amour.

Elle rentre dans sa tente avec
l'Argail qui lui représente en vain
que Ferragus est un guerrier renommé, & le fils aîné du Roi
d'Espagne; Angélique refuse cette
espèce de monstre; & bientôt effrayée par la voix rauque de Ferragus qui crie, qui murmure pour
rappeller son frère, & savoir sa
réponse, elle sort par la porte de
derrière de sa tente, elle s'élance
sur une haquenée vîte comme le
vent, & s'enfuit à toute bride:
Ferragus la voit partir, il en conclut qu'il est refusé: plein de rage,
il attaque une seconde fois l'Argail: tous les deux connoissant au
bout d'une heure, que tous les

coups qu'ils se portent sont inutiles, ils laissent tomber leurs épées, s'arment d'un poignard, & se saisissant au corps, ils font tous leurs efforts pour se renverser, roulent ensemble sur la poussière, cherchent le défaut de leurs armes pour faire pénétrer leurs poignards : la peau invulnérable de Ferragus émousse la pointe de celui de l'Argail, & le Prince d'Espagne plonge le sien tout entier dans le flanc gauche de celui du Cathay: » Je meurs, s'écria l'Argail d'une voix presque éteinte ; mais, brave Chevalier, accordes-moi du moins une grace. « Ferragus qui lève la visière du casque de l'Argail, est ému par la pitié lorsqu'il voit ce jeune & beau Che-

valier prêt à rendre le dernier foupir : » Hélas ! lui dit-il , il n'a pas
dépendu de moi que nous ne de-
vinffions frères ; je te jure d'exécuter tes dernières volontés. « —
» Eh bien, dit l'Argail prêt d'ex-
pirer, jettes-moi tout-armé dans
cette fontaine ; fauves ma mémoire
du reproche de m'être laiffé vaincre avec de fi fortes armes. « —
» Je te le promets, dit Ferragus,
mais permets-moi de me couvrir
encore quelque temps la tête de
ton cafque, dans un pays que je
dois regarder comme ennemi : tu
vois que le mien eft fracaffé ;
je te promets de revenir ici le
joindre au refte de tes armes. «
L'Argail expirant y confentit par
un figne. Ferragus s'étant couvert

la tête de fon cafque, précipita
fon corps tout-armé dans cette fontaine qui formoit une rivière en
s'écoulant; & remontant à cheval,
il courut à toute bride fur les traces de la charmante Angélique.

Les Paladins n'ayant point vu
revenir Ferragus, ne doutèrent
point qu'il n'eût été fait prifonnier : ils montent à cheval, courent au perron de Merlin ; ils
trouvent les tentes défertes ; ils
voient les corps des quatre géans
& plus loin des débris d'armes,
une place enfanglantée : Aftolphe
devenu libre par la fuite des gens
de la fuite d'Angélique, leur raconte ce qui s'eft paffé, reprend
fes armes, & trouvant la lance
d'or de l'Argail appuyée contre

un pin, il s'en faifit & remplace celle qu'il a brifée.

Renaud & Roland, également épris, volent fur les traces d'Angélique ; tous les deux arrivent par différentes routes dans la forêt des Ardennes. Les Paladins parcourent les bois, & cherchent celle qui ne penfe qu'à les éviter. Le célèbre Merlin avoit autrefois conftruit pour Artus deux fontaines dans cette vafte forêt ; les eaux de l'une infpiroient tous les feux de l'amour ; les eaux de l'autre plongeoient les malheureux qui buvoient de fes froides ondes dans une trifte indifférence qui les portoit jufqu'à la haine : un hafard cruel fait qu'Angélique boit des eaux de la fontaine qui fait aimer,

& que, dans le même moment, Renaud étanche sa soif dans celles de la fontaine de la haine.

Le Paladin sent éteindre son amour, il veut retourner près de Charlemagne; il s'égare dans la forêt, & la fatigue & la chaleur le forcent à descendre, à laisser paître Bayard, & à s'endormir à l'ombre: Angélique qui s'est pareillement égarée, & qui sent battre son cœur par un sentiment dont elle est surprise, & qu'elle ne connoît point encore, rencontre Renaud endormi, le trouve charmant, & son jeune cœur ne peut résister au charme qui l'entraîne près de ce Chevalier: plus elle le regarde, plus l'amour prend d'empire dans son âme; elle

cueille

cueille des fleurs, elle les répand
fur lui; Renaud fe réveille, la
reconnoît; mais le cruel, loin de
l'écouter, s'en éloigne avec une
forte d'horreur, remonte à cheval
& la fuit.

Angélique fait retentir les bois
de fes plaintes; troublée, défefpérée, elle court en vain après Renaud, & cédant enfin à fa douleur, elle a recours au livre de
Maugis; elle voit que le Paladin
qui fe refufe à fa tendreffe eft ce
même Renaud dont elle a fi fouvent entendu célébrer les agré-
mens & la valeur: elle revient au
même lieu où l'aimable Renaud
l'a rendue fenfible; elle defcend,
elle reconnoît la place que ce
Paladin occupoit, aux fleurs dont

B

elle-même l'a couverte; elle s'af-
fied sur l'herbe qu'il a foulée, &
bientôt accablée par la laffitude &
la douleur, fes yeux font fermés
par un profond fommeil.

Pendant ce temps, Aftolphe,
retourné près de Charlemagne,
avoit remporté tout l'honneur du
grand tournoi. Les Chevaliers de
la maifon de Mayence avoient
effayé de le lui enlever par une
fupercherie : la lance d'or les avoit
prefque tous renverfés les uns
après les autres ; mais deux d'entre
eux ayant couru contre lui prefque dans le même temps, celui
qu'Aftolphe attaquoit de droit fil
avec la lance d'or, avoit volé des
arçons; & le Comte de Haute-
feuille faififfant ce moment pour

frapper Aſtolphe de côté, l'avoit
jetté ſur le ſable. Le Prince d'Angleterre, furieux de cette trahiſon, avoit mis l'épée à la main,
pour ſe jetter ſur ce traître ; mais
Charlemagne l'avoit fait arrêter,
& l'avoit mis aux arrêts. Aſtolphe
forcé de céder, avoit vainement
demandé juſtice : indigné de la par-
tialité que Charlemagne montroit
pour les perfides Mayençois, il
étoit bruſquement ſorti de ſa Cour,
& n'étant point né ſon ſujet, il ſe
propoſoit de ne jamais employer
ſon épée à ſon ſervice.

La Cour de Charles ſe trouva
privée dans ce moment de ſes
Chevaliers les plus renommés :
preſque tous étant ſéduits par les
attraits d'Angélique, ils avoient

volé fur fes traces; & Roland, le
plus redoutable de tous, pouffoit
fon cheval Bride-d'or au hafard
dans l'efpérance de devancer fes
rivaux, & de la rejoindre. Ce Paladin, après avoir long-tems parcouru la forêt des Ardennes, étoit
arrivé comme Angélique fur les
bords de la fontaine de l'Amour:
il avoit bu de fes eaux comme elle:
mais à peine s'étoit il apperçu de
leur effet: elles ne pouvoient al-
lumer dans fon cœur une flamme
plus vive que celle que les yeux
d'Angélique avoient fait naître.
Quels tranfports n'éprouva-t-il pas
quelques momens après, en trouvant cette beauté célefte endormie
fur l'herbe! Il defcend à terre:
il en approche. Mais le véritable

amour rend toujours timide : il la
regarde, l'admire, l'adore ; il retient jufqu'à fes foupirs, & n'ofe
l'éveiller.

Roland jouiffoit du bonheur de
voir tous fes charmes, lorfqu'il
fut troublé dans ces momens délicieux, par l'arrivée du farouche
Ferragus. Ce Sarrafin, couvert du
fang du frère, pourfuivoit la fœur
avec l'ardeur d'un vautour. Il ne
penfoit qu'à fe faifir de fa proie,
après avoir vaincu fon défenfeur.

Soit qu'il ne reconnût pas Roland, ou que fon orgueil l'empê-
chât de le redouter, il voulut l'é-
loigner d'Angélique par des propos infultans : bientôt ils font aux
mains ; les coups terribles & précipités qu'ils fe portent, réveillent

B iij

Angélique. Effrayée, & ne croyant
voir que deux ennemis dangereux
dans ces Chevaliers, elle profite
de leur acharnement l'un contre
l'autre ; elle s'élance fur fon palefroi, & s'enfuit à toutes jambes.
Roland s'en apperçoit, & propofe
à Ferragus d'interrompre le combat pour courir après elle : le
Sarrafin, plus féroce encore qu'a-
moureux, continue à fe battre
avec plus de fureur que jamais.
Les armes de ces deux rivaux font
déjà brifées ; mais tous deux font
invulnérables, & leurs épées ne
peuvent s'enfanglanter.

La belle Fleur-d'Epine, fœur
de Ferragus, arrive en ce moment. Roland, par refpect pour
elle, recule quelques pas, & lui

laisse le tems d'apprendre à son frère, que Marsile est attaqué par Gradasse, assiégé dans Barcelonne, & qu'il est prêt à perdre ses Etats & sa liberté. Ferragus se rend à la nécessité de voler au secours de l'Espagne; il accompagne sa sœur; & Roland se remet à suivre celle sans laquelle il ne peut plus exister.

Toutes les recherches de Roland furent bien inutiles : non-seulement Angélique avoit reçu de Galafron son père un anneau qui la défendoit de tous les enchantemens, lorsqu'elle le portoit à son doigt, & qui la rendoit invisible, lorsqu'elle le tenoit entre ses lèvres; mais elle avoit de plus le livre de Maugis : & bientôt évoquant les Esprits que ce livre lui foumettoit, elle fe fit tranfporter par eux au Cathay.

L'arrivée fubite d'Angélique plongea Galafron dans la plus mortelle douleur : il avoit perdu fon fils, fes projets étoient ren-verfés. Défefpéré, furieux, il s'en fût vengé fur Maugis; mais Angélique, emportée par fa paffion pour Renaud, & fachant que Maugis étoit le coufin & l'ami de ce Paladin, fut le délivrer elle-même, & lui remit fon livre, après l'avoir fait jurer qu'il la ferviroit dans fes amours, & qu'il rameneroit fon coufin auprès d'elle.

Maugis, en effet, fe fait tranf-porter près de Renaud : il ne dou-te pas du fuccès de fon meffage, mais fon coufin ne l'écoute

qu'avec une forte d'horreur : Maugis infifte ; il a fait un ferment terrible de revenir fe remettre dans
les fers de Galafron, s'il ne conduit pas Renaud au Cathay : fa
vie, fon pouvoir dépendent de
l'accompliffement de ce ferment,
& trouvant fon coufin infléxible,
il le menace de l'en punir ; mais
l'indifférent Renaud craint moins
fa vengeance que de fe foumettre
à ce qu'il lui propofe : celui-ci furieux s'éloigne, appelle les Démons, leur donne fes ordres ; l'un
d'eux prend la figure d'un héraut,
qui vient défier Renaud au combat de la part de Gradaffe, qui
l'attend, dit il, fur le bord de la
mer.

L'intrépide Renaud accepte le
B v

défi, court au rivage, croit voir
Gradasse, se bat contre lui : le feint
Gradasse, après avoir soutenu le
combat pendant quelque temps,
semble fuir son ennemi, & se
jette dans une barque attachée
au rivage ; Renaud l'y poursuit,
le combat se renouvelle & se sou-
tient pendant quelque temps; mais
tout-à-coup le fantôme de Gradasse disparoît, & Renaud se trouve seul dans cette barque qui s'est
détachée du rivage, & qui fend
les flots avec rapidité.

Roland, pendant ce temps,
essuie beaucoup d'aventures : il
tue un sphinx ; il passe le pont
de la mort, il tombe dans un
piège, il s'en tire par sa force &
par la valeur. Il apprend par un

courier qu'Agrican, Empereur de Tartarie, éperdumént amoureux d'Angélique que Galafron lui refufe, eft entré dans le Cathay pour enlever par la force cette Princeffe, & qu'il affiége Albraque. Roland veut voler à fon fecours; il eft arrêté dans fa route par un piège que lui tend la Fée Dragontine, & qui le retient enchanté dans fon château.

Dans le même tems que Maugis avoit trompé Renaud, en lui envoyant un héraut de la part de Gradaffe, il avoit trompé de même ce Prince, par un fecond démon, qui l'avoit été défier de la part de Renaud. Gradaffe s'étoit porté fur le bord de la mer, avoit attendu vainément le Paladin Fran-

B vj

çois ; & trompé par les apparences, il avoit ofé publiquement attaquer la réputation de Renaud,
& dire que ce brave Paladin avoit
eu la lâcheté d'éviter de combattre
contre lui.

On fçait que Bayard étoit doué
d'une intelligence humaine ; & ce
cheval, au moment où fon maître
avoit difparu fur la mer, trompé
par les illufions de Maugis, avoit
repris le chemin de l'armée dont
Charlemagne avoit donné le commandement à Renaud, pour aller
au fecours du Roi Marfile, craignant que Gradaffe, après avoir
foumis l'Efpagne, ne portât fes
armes victorieufes dans fes Etats.
C'étoit en effet le deffein de l'Empereur de Séricane ; & ce Prince

ayant fait un accommodement avec
Marfile, ils s'étoient alliés, avoient
joint leurs troupes, & tous les deux
s'avançoient à grandes journées
pour attaquer Charles, & détruire
l'Empire chrétien.

Quelques efcadrons de leurs
troupes ayant vu paffer Bayard,
qui retournoit, fans être monté,
vers le camp françois, avoient
voulu s'en emparer : mais le terrible animal fe fervant avec fureur
de fes dents & de fes pieds, avoit
percé ces efcadrons, les avoit mis
en défordre ; un grand nombre de
cavaliers étoient péris par fes mor-
fures & fes atteintes meurtrières :
il étoit rentré couvert de leur
fang dans le camp françois ; & les
Chrétiens, en le voyant revenir

en cet état , ne doutèrent point
que Renaud n'eût fuccombé; &
Bayard enfanglanté plongea dans
la douleur cette armée , qui fe
trouvoit privée de fon Général.

Cette fatale nouvelle fut bientôt
portée à Charles , qui vint en perfonne avec le refte de fes Paladins , pour s'oppofer à Gradaffe. Il
étoit monté fur Bayard , qu'il avoit
reçu de Richardet ; & ce Prince ,
toujours irrité du manque de refpect d'Aftolphe , ne l'avoit point
encore tiré des arrêts avant de
partir de Paris.

Malgré la valeur de Charles &
de fes Chevaliers , il fut pris avec
plufieurs de fes premiers Pairs.
Bayard le défendit en vain pendant le combat ; ce brave animal

voyant l'Empereur au pouvoir des Infidèles, s'étoit dégagé de la mêlée, s'étoit défendu de tous les efforts qu'on avoit faits pour l'arrêter, & reprenant le chemin de Paris, on ne put douter que Gradasse ne fût vainqueur, & que Charles ne fût en son pouvoir.

Gradasse, en effet, étoit maître de Charlemagne ; mais loin d'abuser de sa victoire, il avoit traité l'Empereur Chrétien avec les égards dûs à son rang : nous ne sommes point ennemis, lui dit-il, & content de régner sur de vastes contrées, & sur les régions les plus fertiles & les plus heureuses de l'Univers, je ne prétends pas faire des conquêtes. Gradasse alors dit à Charles qu'il

n'avoit fait cette haute entreprife
que pour être poffeffeur du cheval de Renaud & de l'épée de
Roland. Tous deux, ajouta-t-il,
font vos fujets & vos neveux;
ils doivent vous obéir : faites-moi
remettre Bayard que vous avez
en votre puiffance, & que Renaud
a refufé de me difputer par les
armes; jurez-moi de m'envoyer
l'épée de Roland, dès qu'il repa-
roîtra dans votre cour; c'eft à
ces conditions que vous pouvez
remonter fur votre trône, & que
dès ce moment je vais faire retirer mon armée & retourner dans
mes Etats. Charles fe trouvant
forcé d'accepter ces triftes conditions lui jura de les remplir, &
pour commencer, il envoya le

Comte de Haute-Feuille à Paris,
pour y chercher Bayard & l'amener au Roi de Séricane.

Aſtolphe, au moment où Bayard
étoit arrivé ſans maître à Paris,
s'en étoit emparé : ce Prince, ami
de Renaud, & ſon proche parent,
le conſervoit chèrement pour le
lui remettre : pluſieurs circonſtan-
ces ayant prouvé que Renaud n'é-
toit point péri dans un combat,
& que le ſang, dont Bayard étoit
couvert la première fois qu'il étoit
revenu ſans maître, étoit celui
des ennemis.

Ce fut donc au Prince d'Angleterre que le Comte de Haute-
feuille fut obligé de s'adreſſer
pour avoir Bayard. Il lui fit ce
meſſage en préſence du Duc Nay-

mes & de l'Archevêque Turpin,
que le Mayençois avoit pris pour
Témoins de cette entrevue.

Ce lâche fut charmé de cette
occasion de mortifier Astolphe en
lui portant les ordres de Charlemagne avec hauteur. » Comte,
lui dit le cousin de Renaud, je
crois que le personnage d'un héraut vous convient plus que celui
d'un Chevalier, un caducée sied
mieux en vos mains qu'une lance ;
mais vous ne réussirez pas mieux
dans votre vile commission que les
armes à la main. Tout puissant que
soit l'Empereur, il ne peut donner
ce qui ne fut jamais à lui. Roland
sçaura bien défendre Durandal de
tomber entre les mains de l'audacieux Gradasse ; & dans l'absence

de mon coufin Renaud, dites à
Charles qu'on n'aura Bayard qu'a-
vec ma vie. Si Gradaffe veut foutenir la réputation qu'il s'eft faite
par les armes, c'eft en bon &
loyal Chevalier qu'il le doit conquérir. Il ne doit point abufer de
la fituation de Charles, pour lui
faire commettre un acte injufte :
allez, Comte, votre commiffion
me met en droit de vous com-
mander. Je vous ordonne de dire
de ma part à Gradaffe, que s'il
veut avoir Bayard, il faut qu'il
l'acquière par les armes : je le défie au combat, fous la condition
que s'il m'abat, Bayard fera le prix
de fa victoire ; mais s'il ne peut
me réfifter, l'Empereur fera libre,
& fur le champ Gradaffe retour-

nera dans fes Etats. « Le Duc
Naymes & Turpin admirèrent plus
la réponfe d'Aftolphe qu'ils n'ef-
pérèrent d'en voir la réuffite ;
cependant, la trouvant auffi noble que pleine de juftice, ils
fe joignirent au Prince d'Angleterre, & forcèrent le Comte de
Hautefeuille à la porter à Gradaffe.

Charles fut très en colère en
écoutant le récit que le Mayençois fit à fon retour. Pour le valeureux Gradaffe, il fe mit à fou-
rire ; & connoiffant la fupériorité
de fes forces fur celles d'Aftolphe,
il ne balança pas un moment, &
fit partir un courier, pour lui dire
qu'il acceptoit fon défi.

Deux jours après, Gradaffe &

le Prince d'Angleterre s'étant por-
tés fur le lieu marqué pour le
combat, la lance d'or fit triom-
pher Aftolphe ; & Gradaffe abattu
délivra l'Empereur, donna l'ordre
à fon armée, & fe mit en marche
pour retourner dans fes Etats, en
renouvellant fon ferment de combattre Renaud & Roland, jufqu'à
ce qu'il eût perdu la vie, ou qu'il
leur eût enlevé le cheval & l'épée
dont il vouloit être poffeffeur.

Charles pénétré de reconnoiffance pour Aftolphe, voulut le
ferrer dans fes bras. Mais le Prince d'Angleterre, plein d'un jufte
dépit, & voyant Charles entouré
des perfides & lâches Chevaliers
Mayençois, fe retira brufquement
en lui difant qu'après l'affront qu'il

avoit reçu, celui même qu'il avoit
voulu faire aux deux Paladins fes
proches parens, il partoit pour les
rejoindre. A ces mots, il tourna
la bride à Bayard, & laiffa Charles confondu de fes juftes reproches.

Le hafard ayant conduit Aftolphe en Circaffie, ce jeune Prince,
devenu plus préfomptueux que
jamais, après les victoires faciles
qu'il ignore être dues à la lance d'or plus qu'à fes forces,
brave Sacripant dans fa courfe,
s'en éloigne, & trouve en fon
chemin le valeureux Brandimard
de la Roche fauvage, fils du Roi
Moncidant : ce Prince conduit
fous fa garde une jeune Princeffe
qu'il adore, & dont il eft tendre-

ment aimé. Aftolphe fe fait un jeu de lui difputer la charmante Fleur-de-Lys par les armes : Brandimart eft abattu ; fon cheval tombe mort par le choc de Bayard : Aftolphe voit couler les larmes de Fleur-de-Lys , & Brandimard défefpéré de fa perte , & prêt à fe donner la mort : Aftolphe les raffure ; il rend Fleur-de-Lys à Brandimard , & leur demande leur amitié.

Dans ce moment , Sacripant, Roi de Circaffie , arrive auprès d'eux : ce Prince , piqué d'avoir été bravé par Aftolphe , s'eft dérobé de fa Cour , & l'a fuivi pour l'en punir corps-à-corps. Aftolphe l'abat , s'empare de fon cheval qu'il donne à Brandimard , &

tous les deux conduits par Fleur-
de-Lys marchent au pont de Dragontine pour délivrer les Chevaliers qu'elle tient enfermés dans
fon château : ils furmontent les
premiers obftacles ; mais Dragontine animant contre eux tous les
Chevaliers qu'elle tient enchantés,
Brandimart refte fon prifonnier.

Aftolphe ne s'en échappe qu'à
l'aide de Bayard, qui franchit d'un
faut les murs du jardin. Il va jufqu'au Cathay ; il offre fon bras à la
belle Angélique & à Galafron ; il
brave Agrican & tous les Chevaliers de fon armée qui forment le
fiège d'Albraque : il eft fait prifonnier. Agrican achève d'inveftir
Albraque, dont le fiège fe continue.

Pendant

Pendant ce temps , Maugis ,
occupé du projet de ramener Renaud aux genoux d'Angélique , fait
conduire dans un féjour enchanté
la barque où ce Paladin s'eſt em-
barqué. Renaud deſcend fur ce
rivage; une troupe de Nymphes
vient le recevoir ; elles le con-
duiſent en triomphe dans un palais
brillant comme celui des Rois de
Lydie , & plus agréable encore
que les boſquets d'Amathonte.

Une muſique céleſte y célèbre
l'amour : elle amollit l'âme glacée
de Renaud; il commence même à
fentir quelque impatience de voir
la Souveraine d'un fi beau féjour.
Il demande fon nom : mais à peine
a-t-il entendu celui d'Angélique ,
que tous les charmes de ce beau

C

lieu difparoiffent à fes regards ; il ne voit plus qu'une prifon fatale, où celle qu'il détefte commande en Souveraine. Les artifices de Maugis ne peuvent le retenir ; il fort du château, retourne fur le rivage, & rentre dans la même barque qui refte immobile.

Maugis, au milieu des Efprits transformés en Nymphes, lui fait repréfenter fans ceffe tout ce qu'il eft prêt à perdre par fa faute, tous les périls affreux qu'il va courir ; rien n'ébranle Renaud, qui renouvelle fes murmures contre Angélique ; & Maugis, furieux de n'avoir pu réuffir à le foumettre à fes defirs, le fait emporter par la barque dans une Ifle funefte, où ce Paladin, tombé dans une rivière,

eſt enveloppé dans des filets, &
deſtiné dès le lendemain à devenir
la pâture d'un monſtre horrible.

Maugis auſſi-tôt vole au Cathay,
rend compte à la belle Angélique
des refus outrageans de Renaud,
& de la cruelle vengeance qu'il
vient d'en prendre. La ſenſible
Angélique écoute moins ſon reſ-
ſentiment que ſon amour: Elle
force Maugis à la tranſporter elle-
même à la tour où Renaud, couvert des bleſſures qu'il a déjà reçues d'un monſtre affreux, eſt prêt
à perdre la vie. Elle endort ce
monſtre par ſes enchantemens ;
elle arrête le ſang, elle ferme les
bleſſures du Paladin qu'elle adore;
mais ni tous ces ſervices ni tous
ſes charmes ne peuvent le rendre

sensible pour elle. Angélique, dé-
sespérée, retourne au Cathay.
Maugis abandonne Renaud, qui
détruit ce château, regagne les
bords de la mer; mais, n'osant
plus se confier à la même barque,
il marche le long du rivage.

Agrican continuoit à presser la
Ville d'Albraque, lorsque Sacripant, Roi de Circassie, vint avec
toutes ses forces au secours d'Angélique qu'il adoroit. Malgré toute
la valeur de Sacripant, & les
combats qu'il livra pour elle, il
n'eût pu réussir à délivrer Albraque, sans un plus puissant secours.

Renaud, en suivant le rivage
de la mer, avoit rencontré la belle
Fleur-de-Lys qui cherchoit de tous

côtés quelques Chevaliers affez audacieux pour braver les enchantemens de Dragontine, & délivrer Roland & son cher Brandimart qu'elle retenoit prisonniers. Renaud la fuivit, & fon grand cœur l'auroit porté fans doute à tout entreprendre pour la délivrance de Roland, s'il n'eût pas été précédé par Angélique ; cette Princeffe, voyant diminuer fans ceffe les troupes qui la défendoient, & craignant de tomber dans la puiffance d'Agrican, fe fervit de fon anneau, fe rendit invifible, fortit d'Albraque, & fon amour pour Renaud l'entraînant toujours, elle commençoit à fe rapprocher de la France ; mais un foir, féduite par les propos trom-

peurs d'un vieillard, elle fut ame-
née prifonnière dans un fort château, où cette Princeffe trouva
beaucoup d'autres prifonnières que
ce méchant vieillard avoit attirées
par mille rufes coupables, &
qu'il deftinoit au Soudan d'Altin.
Fleur-de-Lys étoit de ce nombre;
ce fut d'elle qu'Angélique apprit
que Roland, Brandimart, Griffon
le Blanc fon frère, Aquilant le
Noir, & plufieurs autres célèbres
Chevaliers languiffoient dans les
fers & les enchantemens de Dragontine.

Sûre de procurer un puiffant
fecours à Galafron, Angélique fort
invifible du château du vieillard
avec Fleur-de-Lys qui la conduit
au pont de Dragontine. L'anneau

de la Princeſſe du Cathay détruit
les enchantemens ; elle rend la
mémoire à Roland & à tous ſes
compagnons d'eſclavage ; elle les
amene au Cathay, & Dragontine
déſeſpérée détruit elle-même ſes
beaux jardins & ſon château. Roland, délivré par Angélique, tombe à ſes genoux : Angélique ,
ayant beſoin de ſon ſecours ,
le traite d'un air moins ſévère ; le
fier Paladin ne ſort des enchantemens de Dragontine que pour
retomber dans ceux de l'amour ;
il vole à la défenſe d'Albraque
avec ſes compagnons ; ils combattent l'armée d'Agrican, la battent, la mettent en fuite : c'eſt
pendant cette guerre que Roland
admirant la valeur de Brandimart

ſe prend pour lui de la plus vive
& de la plus conſtante amitié : ils
ſe jurent fraternité d'armes , combattent enſemble ; & le redoutable Agrican , furieux d'être réduit à lever le ſiége d'Albraque ,
tente un dernier effort , donne
une grande bataille , dans laquelle
ſon armée eſt enfoncée de toutes
parts. Agrican , qui connoît que
Roland eſt celui qui vient de renverſer ſes projets , l'attaque , ſe fait
connoître , ſort de la mêlée avec
lui , l'attire dans un bois , pour que
le combat ne ſoit point interrompu. Mais l'invincible Roland fait
tomber à ſes pieds ce vaillant
Empereur de Tartarie , & ne peut
s'empêcher de donner des larmes
à la mort de ce brave Prince.

Pendant le temps que Roland combattoit cet Empereur , & que ſes compagnons achevoient la défaite de l'armée des Tartares , Trufaldin , Prince du Zagathay , le plus lâche & le plus criminel des hommes , s'étoit rendu le maître , par trahiſon , de la Citadelle imprenable d'Albraque. Connoiſſant le pouvoir de l'anneau qui rendoit Angélique inviſible , il avoit attiré cette Princeſſe dans une forte tour , où nul moyen ne pouvoit vaincre l'oppoſition qu'il avoit ſçu mettre à ſa liberté : ce lâche Prince , qui ſe ſentoit coupable des plus grands crimes , & qui ſçavoit qu'un grand nombre de Chevaliers avoit juré ſa mort , eut recours au moyen

de s'emparer d'Angélique & de la
Citadelle d'Albraque, pendant que
Roland & ſes compagnons étoient
attachés au combat; & lorſqu'ils
rentrèrent triomphans dans la Ville, il parut entre les creneaux du
château, & leur dit qu'il ne rendroit point ni la Citadelle ni la
Princeſſe, à moins qu'ils ne ju-
raſſent de le défendre envers &
contre tous.

Roland n'eut jamais pu conſen-
tir à faire un pareil ſerment, ſi la
Princeſſe du Cathay, déſeſpérée
d'être ſous la puiſſance de ce traître, n'eût parue elle-même aux
creneaux pour l'en prier. Roland,
& ſes compagnons, jurèrent donc
de défendre Trufaldin; & ce fut
à cette condition qu'il leur ouvrit

la porte du château, & que Roland put remettre aux pieds de celle qu'il adoroit la banière d'Agrican, comme le trophée de fa victoire, & le gage de fa délivrance.

Renaud ignoroit tous ces grands événemens, & s'avançoit avec Fleur-de-Lys vers le château de Dragontine, lorfqu'en traverfant une forêt, des cris perçans l'attirèrent au fecours des malheureux qui les jettoient : il vit un géant affreux & velu qui tenoit fous fes bras plufieurs femmes éplorées, & qui les emportoit vers fa caverne. Renaud le pourfuit, entre dans cette caverne obfcure, où d'abord il eft attaqué par deux lions : il les abat à fes pieds après

un combat affez long pour que
le Géant ait eu le temps de s'armer : le brave Renaud parvient à
le vaincre, malgré fa force & fa
fureur, & maître de la caverne, il
la parcourt : il apperçoit dans le
fond de cet antre un cheval auffi
beau que Bayard même. Ce cheval eft retenu par une chaîne
légère paffée dans un anneau fcel-
lé dans la pierre d'une tombe ;
enchanté de la beauté de ce cour-
fier, il veut le détacher, mais la
chaîne réfifte à tous fes efforts.
Il voit une infcription fur cette
rombe, il la lit : il apprend que
ce tombeau renferme le corps de
deux Amans que le cruel & lâche
Trufaldin a facrifiés à fa fureur.
L'infcription finit par l'inftruire

que nul pouvoir ne peut détacher ce beau cheval, nommé Rabican, à moins que le Chevalier qui voudra s'en emparer ne jure de venger la mort de ces deux Amans fur le criminel Prince du Zagathay : Renaud attendri par l'hiftoire de ces deux époux, rapportée fur l'infcription, prête ce ferment en pofant la main fur leur tombeau.

L'anneau, qui retient Rabican, tombe auffi-tôt ; le Paladin prend Rabican, fort de la caverne, s'élance fur ce beau cheval, & dès le premier effai qu'il fait de fes allures, il trouve que moins vigoureux que Bayard, il eft encore plus vîte que cet admirable animal, & que la pointe des herbes

n'eſt pas même froiſſée par ſes
pieds légers : il continue ſa route
très-ſatisfait d'une pareille conquête : bientôt il apperçoit quelques Cavaliers Tartares qui courent avec la terreur peinte ſur le
viſage ; il arrête l'un d'eux , le
queſtionne , & c'eſt par lui qu'il
apprend que ſon couſin Roland
eſt délivré. Connoiſſant aux armes
que le Tartare lui dépeint , comme
aux coups qu'il dit que ce guerrier
a frappés , que c'eſt Roland à la
tête de ſes compagnons , qui vient
de porter la mort & l'épouvante
dans l'armée d'Agrican ; Fleur-de-
Lys , qui ne doute pas que ſon
cher Brandimart ne ſoit l'un des
compagnons de Roland , détermine Renaud à prendre la route

du Cathay; & quelque répugnance qu'il se sente à se rapprocher d'un lieu qu'habite Angélique, le desir de se rejoindre à Roland, & l'amitié dont il s'est pris pour l'aimable Fleur-de-Lys ne lui permettent pas de la refuser.

L'un & l'autre étoient assez près d'Albraque, lorsqu'ils apperçurent sur le bord d'un fleuve un guerrier de la plus haute apparence. Fleur-de-Lys l'ayant considéré quelque temps, & reconnoissant le phénix qui servoit de cimier à son casque : » Evitons, dit-elle, cette altière & redoutable Guerrière : je la reconnois ; c'est la Reine Marphise ; & jusqu'ici, nul Géant, nul Chevalier n'a pu résister à ses coups. « Renaud sourit de la terreur de Fleur-de-Lys; & loin de fuivre fon confeil, il s'avança vers Marphife, qui venoit la lance haute à lui. » N'efpérez pas, Chevalier, lui dit-elle, porter vos pas plus loin, fi je ne vous en donne la permiffion. — Grande Reine, lui dit Renaud en fe baiffant refpectueufement, j'accourois à vous pour l'obtenir; j'ofe plus encore, c'eft de vous demander que vous daigniez m'honorer jufqu'à baiffer votre lance contre moi. «

Marphife fut très-furprife de trouver un Chevalier affez téméraire pour ofer jouter contre elle, après l'avoir reconnue : » Chevalier, lui dit-elle, depuis deux ans, nul mortel ne m'a montré

tant d'audace ; voyons comment
tu sçauras la soutenir. « Tous les
deux courent l'un contre l'autre :
Marphise brise sa lance sur l'écu
de Renaud sans l'ébranler ; & le
Paladin hausse la sienne d'un air
galant , & ne veut point porter
d'atteinte à la guerrière étonnée
du procédé de Renaud. » Ah ! je
reconnois bien à ce trait que tu
dois être un Chevalier François :
mais c'est en vain que tu portes
jusques dans l'Inde la galanterie
de ton pays ; depuis long-temps je
veux éprouver quelle est la valeur
des Chevaliers de Charles , & je
vais voir si , l'épée à la main , ils
sont aussi braves que lorsqu'ils ne
se servent que d'une lance. «

» Belle & redoutable Marphise,

lui répondit Renaud, il vous fera
plus facile de me donner la mort
que de me forcer à vous porter
des coups. « Malgré cette réponse
si respectueuse, & si digne d'un
Chevalier François, Marphise indignée d'en trouver un assez brave
pour lui résister, l'attaque avec
fureur. Renaud pare ses coups
avec adresse , & ne fait jamais
tomber Flamberge sur le casque
de cette guerrière.

Le combat duroit déjà depuis
une heure, lorsque le vieux Roi
Galafron arrivant de la poursuite
des Tartares, & passant auprès des
combattans, reconnoît entre les
jambes de Renaud le célèbre Rabican qu'il avoit donné à son fils
l'Argail, lorsqu'il l'avoit envoyé

pour accompagner fa fœur à la
Cour de Charlemagne : Galafron
ne doutant pas que Renaud ne
foit le meurtrier de fon fils, fond
la lance en arrêt fur lui, pendant
que l'autre n'eft attentif qu'à parer
les coups de Marphife.

Malgré l'âge de Galafron, la
fureur rendit fon atteinte affez
forte pour ébranler Renaud : ce
Paladin étoit prêt à punir ce nouvel ennemi, mais il fut prévenu
par Marphife. Cette généreufe
Princeffe, indignée de l'action du
Roi du Cathay, fe précipita fur
lui, & dédaignant d'employer fes
armes contre un Chevalier qu'elle
regardoit comme un traître, elle
le renverfa fans connoiffance d'un
coup de gantelet qu'elle lui porta

fur fon cafque. Les troupes du
Cathay , qui virent tomber leur
Roi , coururent fur Marphife ;
mais Renaud , fe joignant à la
Guerrière , ils firent un carnage
affreux des troupes indiennes ;
leur défordre fut augmenté par
Torinde , & deux amis intimes,
Prafilde & Irolde : reconnoiffant
à fes armes Renaud, qui, peu de
jours auparavant, leur avoit fauvé
la vie & la liberté , ils vinrent à fon
fecours , & mirent en fuite le refte
des troupes de Galafron, qui reprenant fes efprits , s'étoit échappé
de la mêlée & regagnoit Albraque ; ce fut par ces trois Chevaliers que Marphife & Renaud
apprirent l'action lâche que Trufaldin venoit de commettre en-

core : tous les trois avoient des injures perfonnelles à venger fur ce traître ; ils avoient juré fa mort. Marphife voulut la jurer de même ; mais Renaud la pria de lui laiffer punir ce traître, & redoubla fon indignation, en lui racontant l'aventure de la caverne & la mort des deux Amans enfevelis dans la tombe où Rabican étoit attaché.

Marphife envoya chercher les femmes qu'elle avoit laiffées fur une rive où la rivière faifoit un détour. Fleur-de-Lys étoit avec elles , & l'heureux Brandimart, qui joignit la guerrière en ce moment, eut le bonheur de retrouver cette fidelle Amante.

Prafilde fut envoyé par Marphife pour faire avancer la puif-

sante armée qu'elle tenoit toujours
prête à marcher au premier ordre,
& pendant ce temps Roland éprou-
va la célèbre aventure du cor enchanté dont il sortit victorieux.

Dès que l'armée de Marphise
fut arrivée, cette belle Reine
s'approcha d'Albraque, & Renaud
couvert de ses armes fut à la barrière de la cité pour sommer le
Roi Galafron de lui remettre Trufaldin entre les mains : en cas de
de refus, Renaud devoit lui décla-
rer la guerre & le menacer de
voir sa capitale assiégée une seconde fois.

Le Chevalier qui se présenta
pour écouter la sommation de Trufaldin étoit Astolphe, qui, délivré
des chaînes d'Agrican étoit rentré

dans Albraque, après avoir eu le
bonheur de retrouver fes armes
& la lance d'or : les deux coufins
fe reconnurent, fe firent les plus
tendres careffes ; ce fut par Aftolphe que Renaud apprit que Roland & fes autres amis & parens
s'étoient obligés par ferment de
défendre Trufaldin ; mais pour
moi, dit Aftolphe, qui ne fuis lié
par aucun ferment, je ne crois
pas que la charmante Princeffe à
laquelle j'ai voué mon fervice,
veuille exiger que je prenne le
parti de ce traître : il propofa vainement au fils d'Aymon d'entrer
fur fa parole dans Albraque, &
de faire fon défi lui-même, la peur
qu'il eut de voir Angélique le fit
refter à la barrière, en attendant la

réponfe de Galafron. Le premier
mouvement d'Angélique fut d'être
tranfportée de joie de favoir Re-
nàud fi près d'elle. Elle crut devoir fon retour à Maugis : mais
fon cœur fut bien ferré, fes larmes coulèrent, quand elle fçut
que le Paladin avoit refufé d'entrer dans Albraque : elle connut
bien que les enchantemens ne
peuvent rien fur un cœur prévenu; elle craignit que dès que
Trufaldin feroit puni, Renaud ne
s'éloignât, & pour le fixer plus
long-temps à portée d'elle, elle
laiffa Galafron dans fon erreur;
ce Prince crut toujours que ce
Paladin étoit le meurtrier de l'Argail, & ne voulant écouter nulle
propofition de paix de fa part, il
envoya

envoya deux de ſes Chevaliers avec Aſtolphe pour lui porter ſes refus.

Renaud apprit avec autant de ſurpriſe que de peine que les plus nobles Chevaliers François, & ſur-tout ſon couſin Roland, pro-tégeoient ouvertement un traître. Mais Aſtolphe lui fit obſerver qu'ils étoient engagés par la loi d'un ſerment que ce lâche avoit exigé d'eux, & dont ils ne prévoyoient pas la conſéquence. Renaud re-préſenta vainement à l'un des Chevaliers de Galafron, qui ſe nommoit Hubert du Lion, que la religion du ſerment ne pouvoit jamais protéger le crime : » Ce ſont queſtions, dit celui-ci, qui peuvent être agitées par des Doc-

D

teurs, mais pour des gens de notre forte, ils ne favent difputer enfemble que les armes à la main. «

Renaud fe retira près de Mar-phife; & fur le champ, il envoya un héraut pour défier les Cheva-liers défenfeurs de Trufaldin.

Le fon des trompettes retentit également dans Albraque & dans le camp de Marphife dès que l'aurore fit briller la rofée fur la pointe des herbes; & le léger brouillard du matin étant diffipé, les Chevaliers défenfeurs de Tru-faldin allèrent chercher ce traî-tre, qui refufoit d'être témoin du combat qu'ils alloient livrer pour lui. Ce fut en vain qu'il voulut s'en défendre, Aquilant & Griffon

s'en emparèrent, le conduifirent
au milieu d'eux; & bientôt Renaud, fortant des rangs, s'avança
feul contre le premier qui fe pré-
fenteroit du côté d'Albraque.

Le fort étoit tombé fur Hubert
du Lion; il fe préparoit à combattre, lorfque les deux fils du
Marquis d'Olivier reconnurent
Renaud, quoiqu'il ne fût pas
monté fur Bayard, & vinrent à
lui : leur entrevue fut bien tendre, mais de part & d'autre, la
cruelle néceffité du ferment empêcha l'accommodement qu'ils
euffent défiré.

Quoique Hubert du Lion fut
un des plus renommés Chevaliers
de l'Inde, il ne put tenir long-
temps contre le fils d'Aimon, &

D ij

fut affez bleffé pour fe laiffer tomber fur l'herbe : le Roi Adriant, qui lui fuccéda, fut vaincu.

Griffon prit fa place avec regret ; il jetta fa lance, voyant que Renaud avoit brifé la fienne, & tous les deux fe chargèrent l'épée haute. Renaud, piqué de voir fon jeune coufin foutenir une fi mauvaife caufe, ne le ménagea point ; & Griffon, animé par les coups pefans de Flamberge, traita Renaud comme un ennemi mortel. Bientôt un coup qu'il reçut fur fon cafque enchanté, l'étourdit au point qu'il étendit les bras, lâcha les rênes, & fut emporté par fon cheval. Renaud le pourfuivoit pour le prendre prifonnier, mais Aquilant voyant fon

frère en danger, vola pour le fecourir. Renaud, animé par cette
nouvelle attaque, déploya toutes
fes forces , & mit Aquilant dans
un tel défordre, qu'il eût fait les
deux frères prifonniers , fi Clarion, l'un des deux défenfeurs de
Trufaldin , n'eût couru la lance
en arrêt contre Renaud, qui ne
le voyoit point venir fur lui. Ce
Paladin , ébranlé par ce coup,
chancela dans les arçons ; & les
deux fils d'Olivier ayant repris
leurs efprits, il eût eu trois ennemis à combattre, fi Marphife indignée de la fupercherie de Clarion, n'eût couru fur lui pour fecourir Renaud ; un feul coup du
pommeau de l'épée de cette
Guerrière, renverfa Clarion à fes

pieds, & le combat recommença d'une façon égale contre Aquilant & Griffon.

Ce fut alors que le lâche Trufaldin se voyant libre, & craignant l'événement de ce combat, prit le temps pour s'enfuir vers Albraque. Aftolphe s'en étant apperçu, courut entre les combattans. Il eut quelque peine à les féparer ; mais enfin la fuite de Trufaldin fufpendit leurs coups : on convint que le combat feroit remis au lendemain ; & les deux frères, affligés d'avoir mal gardé ce traître, jurèrent de le ramener le jour fuivant.

Roland, après avoir terminé la grande aventure du cor enchanté, rentra le foir du même jour dans

Albraque. Angélique en fut allarmée, & craignant la force indomptable de ce Paladin, & que Renaud ne succombât sous ses coups, elle se servit de quelques prétextes spécieux, & de tout le pouvoir qu'elle avoit sur lui, pour le déterminer à défier Marphise. Roland, jaloux de savoir Renaud si près de celle qu'il adoroit, eût bien mieux aimé le combattre, craignant que ce ne fût l'amour qui l'eût ramené près d'elle. Mais l'impérieux Roland étoit soumis par l'amour ; un ordre, une seule prière d'Angélique captivoit sa volonté.

Les Chevaliers de part & d'autre étant reparus le lendemain sur le champ de bataille, qu'on avoit

D iv

fait entourer par de profonds fof-
fés , Trufaldin fut conduit par les
Chevaliers d'Albraque ; & Sacripant, qui déteftoit ce traître, fe
chargea du foin de l'empécher de
tenter une feconde fuite : ce Roi
de Circaffie n'avoit point juré de
le défendre ; il eût même defiré
de le voir punir.

Lorfque Roland aborda Marphife avant le combat, il lui tint
les propos les plus refpeaueux,
& Marphife lui dit qu'elle regardoit comme les deux plus beaux
jours de fa vie, celui qui l'avoit
vue aux mains avec Renaud, &
celui qui la mettoit à portée de
s'éprouver contre le Paladin le
plus renommé de l'univers.

Roland & Marphife coururent

l'un contre l'autre, fans qu'aucun
des deux eût le moindre avantage : le combat s'engageant entre
un bien plus grand nombre de
Chevaliers que la veille, il devint
terrible ; & les combattans de
part & d'autre, cherchant à fe fecourir mutuellement, changèrent
plufieurs fois d'adverfaires. Ce fut
dans un moment où Marphife &
Roland combattoient avec le plus
de fureur, que Renaud s'apperçut
de l'avantage qu'avoit fon parti
fur celui de Trufaldin; & ne fe
voyant point d'ennemis en tête,
il courut fur ce traître, qui cria
vainement à Sacripant de le fecourir : » Scélérat, lui répondit le
Roi de Circaffie, je ne fuis ici
que pour m'oppofer à ta fuite. «

D v.

Renaud enlève d'une seule main Trufaldin des arçons ; il le couche sur les siens, le porte à l'une des extrémités du champ de bataille, & trouvant le cheval de Clarion, dont le maître avoit été porté par terre, il prend sa bride & les sangles de sa selle, il s'en sert pour attacher fortement Trufaldin à la queue de Rabican ; & poussant à toute bride ce cheval plus vîte que l'aquilon, il parcourt tout le champ jusqu'à ce que ce traître soit mis en pièces. Il croit ne pouvoir mieux faire pour terminer le combat entre Marphise & Roland, que de passer au milieu d'eux, en disant à son cousin Roland : » Reçois de ma main celui que tu défendois, dans l'état où ce traître a mérité d'être. «

Roland fe croit bravé par Renaud aux yeux d'Angélique , & la jaloufie & la fureur l'emportant également, il quitte fon combat avec Marphife, il attaque Renaud avec fureur; & celui-ci , forcé de fe défendre, oppofe fon bouclier & Flamberge aux coups terribles & précipités de Durandal. Un de ces coups , tombe fur le cafque de Mambrin ; la chûte du plus haut pin dès Alpes, n'eût pas été plus violente.

Renaud, étourdi de fa force, penche la tête fur l'encolure de fon cheval; Roland alloit redoubler, & peut-être Renaud eût-il perdu la vie ; mais Roland mon-

D vj

toit alors Bayard, & ce fidèle animal évite de nouveaux coups à
fon maître, en forçant la main à
Roland, & fe retournant de la
tête à la queue.

Renaud, les bras toujours
étendus, eft emporté par Rabican, paffe près d'Angélique, qui voit fon cher Renaud
dans cet état, & Roland, qui,
devenu maître de Bayard, le
pourfuit pour achever fa défaite.
Elle ne peut tenir à cet affreux
fpectacle, qui lui perce le cœur;
elle s'avance, elle arrête Roland:
» Cher Comte, lui dit-elle, l'objet de votre querelle ne fubfifte
plus ; fufpendez vos coups fur
votre coufin. « Roland s'arrête; il
refte immobile, en fufpens entre

la néceffité d'obéir aux ordres
d'Angélique , & la double fureur
qui l'anime contre Renaud. Mais ,
tel qu'un lion fougueux qui fe fent
retenu par une forte chaîne , il
cède , il baiffe la pointe de fon
épée , & ne peut répondre ni réfifter à celle qui le captive.

Renaud ayant repris fes efprits
fe prépare à fe venger & à revenir
fur Roland , lorfqu'il apperçoit
Angélique près de ce Paladin :
l'antipathie qu'il fe fent pour elle
eft plus forte que fa colère ; il
quitte fon premier deffein , & va
rejoindre Marphife qu'il voit prête
à rentrer dans fon camp.

Galafron s'étoit bien apperçu
de la démarche que fa fille avoit
faite pour arrêter Roland , &

l'empêcher de fuivre fa victoire :
il la joint ; il lui fait les plus vifs
reproches fur ce qu'elle s'eft
oppofée à la vengeance que Roland étoit prêt à prendre du meurtrier de l'Argail ; mais Angélique
le défabufe alors : Aftolphe arrive, & ce Prince confirme le récit
d'Angélique, en affurant Galafron
que c'eft fur le féroce Prince
d'Efpagne, qu'il doit venger la
mort de fon fils : l'aimable Aftolphe fait plus encore ; il tire Roland à part ; il l'appaife , en
l'inftruifant du refus que Renaud
a fait d'entrer en fon abfence
dans Albraque, & de l'éloigne-
ment invincible que fon coufin
marque pour la Princeffe du Cathay.

Le cœur de Roland étoit trop bon, trop généreux pour ne pas revenir promptement, & dès qu'il ne fut plus tourmenté par la jalousie, la plus tendre amitié renaquit dans son cœur pour Renaud. Roland eut couru sur le champ pour l'en assurer, si la voix d'Angélique ne l'eût arrêté. Courez donc, mon cher Astolphe, dit Roland, pour assurer Marphise de mon admiration & de mon respect pour elle, & pour prier Renaud de tout oublier & de me rendre son amitié.

Astolphe s'empressa d'exécuter la commission de Roland : Marphise & Renaud le comblèrent de caresses, trouvant ce Paladin plus déterminé que jamais à fuir

Angélique & à retourner en France ; il ne lui demanda que le temps d'aller prendre congé de Galafron, & lui promit de venir le rejoindre fur le champ & de partir avec lui.

Aftolphe, de retour dans Albraque, porta le défefpoir dans le cœur d'Angélique, en lui difant que Renaud partoit pour retourner en France : la vue de Roland n'en devint que plus infupportable pour elle, & fe fervant du pouvoir qu'elle avoit fur ce Paladin, elle l'envoya pour détruire les jardins de Falerine, & délivrer une Princeffe de fes parentes que cette Enchantereffe tenoit dans les fers. Aftolphe reçut Bayard des mains de Roland & de Brandimart, pour le remettre à Renaud. Irolde & Prafilde, ces deux parfaits amis, fe joignirent au Prince d'Angleterre, & tous les trois allèrent rejoindre Renaud, avec lequel ils repartirent pour la France, tandis que Marphife retournoit dans fes Etats, & que Roland partoit pour aller exécuter les ordres d'Angélique.

[C'eft ici que finit l'ouvrage de *Mathieu - Marie Boyardo*, Comte de Scandiano, & la fuite de ce Poëme que je vais extraire eft dûe à *Francefco Berni.*]

SUITE

DE L'EXTRAIT

DE ROLAND

L'AMOUREUX.

LE BERNI commence par apprendre qu'il a tiré des Annales de Turpin les exploits & les héros qu'il va chanter ; il commence auſſi par dire qu'Alexandre étant épris de la belle Elidonie, obtint ſes faveurs, & ſe préparoit à fonder un Empire pour elle, lorſqu'il mourut, & qu'Elidonie abandonnée & reſtée groſſe après ſa

mort, accoucha chez un Pêcheur
de trois enfans qui s'élevèrent par
leur valeur, & qui fondèrent de
puiſſans Empires en Afrique ; c'eſt
en mémoire de leur naiſſance que
la Ville de Tripoli fut bâtie : après
pluſieurs ſiècles , ces vaſtes Etats
ſe trouvèrent réunis ſous la domi-
nation d'Artamandre ; c'eſt de lui
que deſcendoit le puiſſant Roi
Braban que Charlemagne mit à
mort dans la guerre qu'il fit en
Eſpagne , avec pluſieurs autres
Princes de ſon ſang ; ſon frère
Trojan ne laiſſa qu'un jeune fils
nommé Agramant, qui fut Empereur de toute l'Afrique, & dont la
célèbre Ville de Biſerte étoit la
capitale.

Agramant , quoique très-jeune

encore, étoit enflammé par l'amour de la gloire, & par le defir de venger le fang de fes pères, que Charlemagne avoit répandu.

Fier de fa puiffance, & d'avoir trente-deux Rois pour vaffaux, il prend la réfolution d'affembler une armée formidable, de paffer la mer, & d'aller attaquer l'Empereur Charles dans fes Etats de France.

Agramant fait convoquer les trente-deux Rois fes vaffaux, les affemble dans fon confeil; il leur peint d'une façon touchante les pertes qu'il a faites de fes proches; & dans un difcours également noble, fier & touchant, il leur propofe d'aller avec lui porter la guerre en France. Le vieux Sobrin, Roi de Garbes, parle le premier, & fait fentir au jeune Agramant toute la témérité de fon projet; le jeune & fougueux Rodomont, Roi d'Alger, s'élève avec audace contre l'avis de Sobrin; il ofe accufer ce vieillard couvert de lauriers, de ne donner que des confeils dictés par la foibleffe de fon âge, & par la timidité.

Le Roi des Garamantes, qui s'eft fait porter dans ce confeil, prêt à terminer fa carrière après avoir vécu cent dix ans avec gloire, fait écouter fa foible voix; il appuie les raifons de Sobrin; il combat celles de Rodomont: » Si vous tentez cette entreprife, dit-il au jeune Agramant, écoutez du

moins ce que l'Ange du Prophète
m'a révélé. Vous ne devez efpérer aucun fuccès, fi vous ne pouvez réuffir à conduire avec vous
deux enfans d'illuftre naiffance que
l'Enchanteur Atlant élève, & retient dans un fort château d'acier
fitué fur les monts de Carène ; fes
enchantemens rendent cette for-
tereffe inattaquable ; le feul moyen
de les détruire, c'eft de fe rendre
le maître d'un anneau que poffede Angélique, Princeffe du Cathay. «

Rodomont interrompt le vieux
Roi, traite fes propos de rado-
tages, & ce vieillard, fans en être
ému, perfifte à dire à l'Empereur
d'Afrique, qu'il ne peut rien efpérer de favorable, s'il ne réuffit à

forcer la retraite d'Atlant, & à amener avec lui le jeune Roger son éleve. » Ma mort, dit-il, va vous confirmer la vérité de ce que je vous dis. « A ces mots, il expire au milieu de cette affemblée.

Rodomont s'écrie en voyant tous les autres Rois émus de cette mort, qu'il n'eft pas étonnant qu'un vieillard perde la vie à la fin d'une auffi-longue carrière. Du même âge qu'Agramant, le Roi d'Alger excite l'audace naturelle de ce jeune Prince, qui prend fon parti, & conclut à fuivre fon premier deffein ; mais qui, pour appaifer un certain nombre de Rois qui murmurent, confent à fuivre en partie ce confeil du Roi des Garamantes, &

même à ne partir qu'après avoir enlevé le jeune élève d'Atlant.

Sobrin reprit la parole : » Seigneur, dit-il à l'Empereur, après t'avoir donné les conseils que mon expérience & mon attachement pour toi m'ont dictés, puisque tu prends le parti de passer la mer & d'attaquer la France, je n'hésite pas à te suivre, à ne te jamais quitter jusqu'à la mort, & nous verrons, dit-il, en regardant le Roi d'Alger avec hauteur, qui de Rodomont, ou de moi, te restera le plus fidele. «

Agramant se leva de son trône pour en imposer au Roi d'Alger prêt à répondre. Il embrassa Sobrin : » Sage Roi, lui dit-il, je me ferai toujours honneur de suivre

vos

vos confeils , & puifque vous venez avec moi , je fuis fûr de remporter une pleine victoire ; com-
mencez donc à m'éclairer fur les
moyens d'obtenir ou de faire la
conquête de l'anneau d'Angélique. «

» Ni les prières, ni la force, répondit Sobrin, ne pourroient vous
réuffir , & cet anneau ayant la puiffance de rendre invifible à l'inftant
la perfonne qui le porte, Angélique
fe déroberoit facilement à tous vos
efforts ; la rufe & l'adreffe feules
peuvent réuffir à l'enlever à cette
Princeffe. «

Agramant en convint, & connoiffant la fubtilité d'un Nain
qu'il avoit à fa fuite, il le fit venir :
« Brunel , lui dit-il, efpérerois-tu

E

réuffir à dérober l'anneau de la
Princeffe du Cathay, & voudrois-
tu gagner la petite Principauté de
Tingitane à ce prix ? «

Brunel treffaillit de joie; né
vicieux & méchant,

Il trouvoit en cela double profit à faire,
Son bien premièrement, & puis le mal d'autrui.

Il affura fon Empereur que la
feule difficulté qu'il trouveroit
dans fa réuffite, ce feroit la longueur du temps : il s'approcha du
trône d'Agramant pour le mieux
entendre, & de plufieurs Rois
pour s'informer du chemin qu'il
devoit tenir. Peu de momens s'é-
toient écoulés, lorfqu'il remit dans
les mains d'Agramant, quelques
pierreries de fon trône, & les
riches poignards ou les bourfes de

tous les Rois dont il s'étoit approché. On rit beaucoup de la subtilité de Brunel , qui , dès le même jour , partit pour Albraque. Agramant sépara l'assemblée , & la confiance qu'elle prit en Brunel détermina tous les Rois à retourner dans leurs Etats, & à préparer leurs troupes pour former la grande armée qui passeroit en France , dès que l'Empereur auroit en sa puissance l'Elève d'Atlant.

Roland , empressé d'obéir aux ordres d'Angélique , suivoit en diligence le chemin du Royaume d'Altin , où les jardins & le château de Falerine étoient situés. Il essuya plusieurs aventures qu'il mit à fin avec sa force & sa valeur ordinaire ; celle qui l'arrêta le plus de temps fut la rencontre qu'il fit dans un bois d'une jeune perfonne d'une beauté rare, pendue par les cheveux à la branche d'un arbre, & jettant des cris lamentables : un Chevalier d'une haute apparence étoit à quelques pas derrière elle la lance haute, & deux autres étoient plus loin dans la même contenance.

Roland, ému par la pitié, s'approche de cette jeune fille, que la feule Angélique furpaffoit en beauté ; il s'apprêtoit à la délivrer, lorfque le premier des trois Chevaliers lui cria : » Arrête, Chevalier, ne cherche pas à te rendre le libérateur de la trahifon & du crime punis. — Non, reprit

Roland, je ne peux croire que, si jeune & si belle, elle ait pu mériter un pareil supplice ; & mon devoir est de secourir les malheureux. — Écoute-moi du moins auparavant que de le tenter, lui répondit le Chevalier, & lorsque tu sauras l'histoire de cette méchante créature, tu croiras ta valeur mal employée à la délivrer. « Roland y consentit.

Le Chevalier fait le récit de la vie d'Origile, (c'est ainsi que se nommoit cette jeune personne.) Jamais une femme coupable n'avoit pu former une trame plus suivie de trahisons & de noirceurs; elles étoient tellement atroces, que le Paladin eut peine à les croire ; les cris & les prières

d'Origile achevant de le toucher,
il perſiſta dans la prière aſſez im-
périeuſe qu'il fit de la délivrer,
quoique le Chevalier l'aſſurât
qu'elle avoit été condamnée juri-
diquement à ce ſupplice.

Les deux autres Chevaliers s'a-
vancèrent ; Roland ne voulut point
céder à leurs témoignages ; ils en
vinrent aux mains ; les trois Chevaliers furent vaincus, Origile fut
délivrée ; & cette fille le priant
de la mettre hors de danger, &
l'aſſurant qu'elle connoiſſoit le
chemin des jardins de Falérine, il
la mit en croupe ſur Bride-d'or,
& la conduiſit ſous ſa garde.

Quoique Roland eût l'air aſſez
ſombre & peu galant, la recon-
noiſſante Origile lui fit les plus

fortes agaceries : mais l'amour qu'il
avoit pour Angélique le mettoit à
l'abri de toute séduction ; très-
ennuyée & fort piquée d'avoir
passé déjà deux jours , & même
deux nuits , avec un Chevalier
trop indifférent , la méchante ,
lorsqu'elle se crut assez éloignée ,
ne pensa plus qu'à se remettre en
pleine liberté. Le hasard les ayant
conduit près d'un perron élevé ,
» Seigneur, lui dit-elle, connois-
fez-vous ce monument singulier ?
c'est le perron de la Vérité : on
trouve sur son sommet une glace
très-pure ; en y regardant , on
voit la personne qui nous est la
plus chère ; & la mine douce &
riante qu'elle fait , ou l'air contraire qu'elle prend , sont la preu-

ve certaine des sentimens les plus
sécrets de son âme. « Ah ! quel
est l'amant qui ne seroit pas séduit
par une semblable espérance ; &
s'il existoit encore de ces sortes
de glaces, que de mains blanches
& potelées s'efforceroient de les
briser ! Roland, désirant vivement voir les traits enchanteurs
d'Angélique, & connoître ce qu'il
peut espérer, n'hésite pas à descendre, & monte légèrement les
degrés du perron.

A peine approchoit-il du sommet, qu'il s'entendit appeller par
Origile : » Chevalier, lui dit-elle,
je vous conseille de n'être plus si
vif à prendre parti pour ceux que
vous ne connoissez point, & de
tâcher d'apprendre à voyager à

pied. « A ces mots, elle fe remet en felle, elle preffe les flancs de Bride-d'or, & difparoît à fes yeux.

Le bon Roland fut très-mortifié d'avoir été la dupe de cette méchante créature, d'avoir bleffé trois honnêtes Chevaliers pour l'amour d'elle, & de fe trouver à pied au fond d'une forêt, hors d'état d'exécuter promptement les ordres d'Angélique.

Brandimard, Aquilant & Griffon, ayant appris d'Angélique qu'elle avoit prié Roland d'aller détruire les enchantemens de Falerine, étoient fortis d'Albraque, pour aller l'aider dans cette périlleufe aventure; la tendre Fleur-de-Lys n'avoit pu retenir Brandi-

E v

mart entraîné par son amitié pour
Roland; mais elle fut persuadée
par son amant qu'il reviendroit
promptement auprès d'elle avec
celui d'Angélique.

Ces trois Chevaliers suivirent le
même chemin qu'avoit pris Roland; & quelques jours après, ils
arrivèrent sur le soir près d'un
château magnifique, où plusieurs
Dames les accueillirent de l'air le
plus prévenant, & les prièrent
de se reposer. En entrant dans la
cour ils furent très-étonnés de
voir le cheval de Roland Bride-
d'or attaché par sa bride, & coururent promptement vers une belle
personne que les Dames lui dirent
être la maitresse de ce beau cheval. Elle répondit d'un air assez

trifte à la première queftion qu'ils lui firent. » Hélas , dit-elle , avanthier je trouvai près d'un pas d'armes entre deux roches, un Chevalier mort , à côté d'un Géant fendu d'un coup d'épée jufqu'à la poitrine ; & voyant que ce cheval n'avoit plus de maître , je m'en fuis emparée. «

Quoique les amis de Roland fçuffent qu'il étoit invulnérable, ils le crurent mort, & reftèrent plongés dans la plus mortelle affliction. Ils ne purent toucher au feftin magnifique qui leur fut préfenté : mais , tandis qu'ils s'affligeoient mutuellement , une troupe nombreufe les furprit fans défenfe , les couvrit de chaînes ainfi qu'Origile, & leur dit à tous les

quatre qu'ils pouvoient s'attendre
à perdre la vie.

Griffon avoit été touché vivement par la beauté de celle qui
montoit Bride-d'or ; c'étoit la
trompeufe Origile. Griffon, en ce
moment, fent tout le défefpoir
d'être hors d'état de la défendre;
prifonnier avec elle, il lui fait les
déclarations les plus tendres ; lui
jure de l'adorer toujours, s'il peut
rompre fes chaînes; & l'on verra
dans la fuite que cet imprudent
Paladin ne fut que trop fidèle à
tenir cette promeffe.

Origile & les trois Chevaliers
furent conduits à la porte du château, où les mains liées fortement
derrière le dos, & fans les dé-
pouiller de leurs armes, on les

remonta fur leurs chevaux ; une
groffe troupe de fatellites les en-
toura ; & c'eft ainfi qu'on les conduifoit au lieu marqué pour leur
arracher la vie, lorfque cette
troupe fut arrêtée par un Chevalier qui marchoit à pied. Mais,
avant de parler de la fuite de
cette rencontre, il eft néceffaire
de revenir à l'indifférent Renaud, qui retournoit en France
avec Aftolphe, monté fur Rabican, & les deux fidèles amis Irolde
& Prafilde.

Ces Chevaliers furent arrêtés
par une Demoifelle baignée de
pleurs, qui leur dit, qu'étant fortie le matin avec fa jeune fœur,
& comptant traverfer à l'ordinaire
une grande prairie qui la féparoit

du château d'une de fes parentes,
elles avoient été très-effrayées de
trouver une rivière , un pont défendu par une tour , dans ce
même lieu , dont le paffage étoit
libre deux jours auparavant : » Un
Géant affreux , leur dit cette
Demoifelle , eft forti de cette
tour , a faifi ma jeune fœur , a
voulu fe porter à la dernière violence contre elle ; ma fœur , fe
fervant de fes ongles & d'un
petit poinçon, s'eft défendue affez
long-temps pour irriter le Géant,
qui l'a dépouillée toute nue, &
l'a fouettée impitoyablement après
l'avoir attachée à un arbre ; les
Chevaliers coururent à fon fecours, & tandis qu'Irolde & Prafilde combattoient le Géant, Aftol-

phe & Renaud détachèrent la jeune Demoiselle & la rendirent à fa
fœur : Renaud fe retournant vers
le Géant, court fur lui dans le
moment où le monftre jettoit Prafilde dans la rivière, après y avoir
jetté fon ami.

Renaud, furieux, attaque le
Géant, dont Flamberge ne peut
entamer les armes ; ils fe faifif-
fent; le Géant, plus fort que Renaud, lui fait perdre terre, &
veut le jetter dans l'eau, comme
les deux autres : mais Renaud
s'attache fi fermement à lui, que
le géant, voyant qu'il ne peut
s'arracher de fes bras, prend le
parti de fe précipiter dans la rivière
avec lui.

Aftolphe les ayant vu difparoître, & ne doutant point que Renaud ne fût étouffé fous les eaux, jetta les cris les plus douloureux, & fans les deux Demoifelles, il fe fût précipité pour les fuivre ; il parcourut vainement la tour ; tout ce qu'il pût apprendre, c'eft que cette tour & cet enchantement étoient l'ouvrage de la puiffante Fée Morgane , qui les avoient créés par fon pouvoir, pour défendre les avenues de fon Ifle du Tréfor. Aftolphe, défefpéré , vit Bayard la tête baffe, & henniffant d'un ton plaintif : » O bon cheval, dit-il, je ne t'abandonnerai pas, & je te garderai, pour te rendre à ton maître, fi quelque miracle du ciel nous le renvoie. « A ces mots, quelque cher que lui fût

Rabican, il en defcendit, pour monter Bayard, fur lequel il reprit le chemin de la France.

Ce Chevalier à pied, rencontré par la troupe qui conduifoit Origile & les fils d'Olivier à la mort, c'étoit le Comte d'Angers. Ayant fçu d'un Soldat qu'on menoit ces prifonniers qu'il avoit reconnus, pour être dévorés par le Dragon de Falerine, il cria d'une voix terrible qu'on les remît en liberté : cette troupe l'attaqua de toutes parts ; mais en peu de momens, ayant taillé en pièces les plus audacieux, le refte de cette vile troupe s'enfuit, & les prifonniers reconnurent leur libérateur ; la féductrice Origile embraffa fes genoux, lui cria merci :

Griffon intercéda pour elle, &
Roland riant de l'empreſſement
du jeune Griffon & de la terreur
d'Origile, lui pardonna le mauvais tour qu'elle avoit oſé lui
faire. Roland, cependant, craignant qu'elle ne fît quelque nouvelle trahiſon à ſon neveu Griffon qu'il en vit fortement épris,
prit le parti d'emmener Origile
avec lui, ſe ſépara d'eux, & leur
donna rendez-vous pour ſe retrouver dans quinze jours dans Albraque, où ſon cœur l'appelloit, dès
qu'il auroit exécuté les ordres d'Angélique.

Roland, pourſuivant ſa route
avec Origile, fut rencontré par
une Dame qui voulut l'arrêter,
& lui dit qu'il couroit à ſa perte,

l'affurant qu'il étoit près des jardins de Falerine & de l'ifle de Morgane. Roland la remerçia de fes foins, & la pria feulement de lui montrer le plus court chemin pour s'y rendre. Cette Dame le voyant inébranlable : » Du moins, Sire Chevalier, lui dit-elle, prenez ce Livre qui pourra vous être utile dans cette téméraire entreprife dont jufqu'ici nul Chevalier n'a pu revenir. «

Roland la remercia, fe fépara d'elle, & la fin du jour approchant, il defcendit avec Origile dans la clairière d'un bois, confulta le Livre qu'il avoit reçu, s'inftruifit du chemin qu'il devoit tenir, & après avoir pris une ample connoiffance des aventures

qu'il devoit éprouver, la préfence,
ni les nouvelles agaceries d'Origile, ne l'empêchèrent pas de fe
livrer au plus profond fommeil.
Cette perfide créature ne le vit
pas plutôt endormi, qu'elle s'occupa du deffein de le quitter, &
de lui faire quelque nouvelle trahifon; elle croyoit en devoir une
à tout Chevalier affez impoli pour
dormir à côté d'elle.

Origile commence par tirer doucement Durandal de fon fourreau,
& s'étant emparé de cette épée,
qu'elle eft tentée de plonger dans
le fein de Roland, elle remet la
bride au cheval du Paladin, s'é-
lance deffus, & fuit loin de lui de
toute la vîteffe du léger Bride-d'or.

Roland ne fe réveilla qu'à

l'aube du jour, & fe trouvant fans cheval & fans épée : » Ah ! perfide femme, s'écria-t-il, que ton fexe eft dangereux , quand une âme perverfe le porte au crime. « Le grand cœur de Roland ne lui permettant pas cependant de renoncer à fon projet, il rompt la groffe branche d'un arbre, il s'en forme une maffue, & fe conformant à ce que le Livre lui vient d'apprendre, il s'achemine à l'entrée de ces redoutables jardins.

Pendant que Roland ne s'occupoit qu'à remplir l'ordre qu'il avoit reçu d'Angélique, cette ingrate Princeffe ne penfoit qu'à voler en France, pour rejoindre Renaud qu'elle adoroit ; mais , arrêtée par la préfence de Mar-

phife, qui n'étoit point encore
partie d'Albraque, elle cherchoit
à fe diftraire par les mêmes amufemens qu'elle procuroit à cette
Reine.

Un jour que l'une & l'autre
s'étoient enfoncées dans la forêt
à la pourfuite d'un cerf, Angélique, fe trouvant feule, defcendit
pour fe repofer ; l'inftant d'après,
elle vit s'approcher d'elle un nain,
couvert d'un mauvais habit de Pélerin, qui fe mit à fes pieds, en
la fuppliant, comme une Divinité
favorable, de foulager fa mifere.
Angélique tira quelques pièces d'or
de fa poche, & le Pélerin, pa-
roiffant éperdu de reconnoiffance,
prit la belle main qui les lui pré-
fentoit, parut la baifer avec tranf-

port & refpeɛt, s'éloigna d'elle, & fe perdit dans l'épaiffeur du bois.

Quel fut le défefpoir d'Angélique, quelques momens après, de voir qu'elle n'avoit plus fon anneau, & que le fcélérat de Pélerin l'avoit dérobé. Ses pleurs couvrent fes beaux yeux, fes cris appellent à fon fecours; Marphife & Torinde accourent: elle leur raconte la perte qu'elle vient de faire; & tous les deux fe féparent, & volent fur les traces du larron.

Pendant qu'ils cherchent vainement de tous côtés, le même nain joint, dans une route affez éloignée, le Roi Sacripant, monté fur fon excellent cheval Fronta-

let, qui ramenoit des chiens tom-
bés en défaut : » Ah ! Seigneur,
s'écrie le nain, de grâce, fecou-
rez ma maîtreffe, qu'un Chevalier Félon vient d'enlever à mes
yeux, & d'entraîner au fond de
ces mafures ruinées, où les cris
qu'elle vient de jetter me font
craindre tout pour elle. « Le généreux Sacripant fe jette légèrement à terre, tire fon épée, court
à ces ruines.

Pendant ce temps, le Nain
faute fur fon cheval, &, fe
moquant de lui : » Chevalier,
lui dit-il, laiffez ma maitreffe qui
fe trouve beaucoup mieux dans
cette mafure, que vous n'allez
vous trouver à pied. « A ces mots,
le nain pique Frontalet, part à
toute

toute bride, & Sacripant le fuit vainement.

Ce double vol avoit été fait par le rufé Brunel, qui, très fatisfait d'être poffeffeur de l'anneau d'Angélique, avoit volé de même l'excellent Frontalet, pour en faire préfent au jeune Roger, lorfqu'on l'auroit tiré de la puiffance d'Atlant ; & Brunel ayant promptement changé d'habits, reprenoit légèrement le chemin de Biferte.

Il n'étoit encore qu'à très-peu de diftance, lorfqu'il rencontra Marphife, qui pourfuivoit le Nain Pélerin dont Angélique avoit tant de fujet de fe plaindre. Brunel alors étoit vêtu trop magnifiquement, & d'ailleurs il étoit trop bien monté, pour être foupçonné : » Seigneur Che-

F

valier, lui dit-il, oferois-je vous demander fi vous n'auriez point rencontré quelque figure approchante de la mienne? Un fcélérat de Nain vient de m'enlever, par fes rufes, une riche épée, d'une trempe fupérieure à celle de la fameufe Durandal, que ma maitreffe Morgane avoit forgée elle-même, & qu'elle m'avoit ordonné de porter à la célèbre Reine Marphife, qu'on affure être préfentement dans Albraque. Ah ! que je fuis malheureux, ni cette Reine ni ma Maitreffe, ne me pardonneront jamais d'avoir fi mal exécuté ma commiffion.

» Ne t'afflige pas mon ami, dit la guerrière avec un air de

bonté; ton accident peut t'excuser auprès de ta maitresse; quant à moi, qui suis Marphise, je te pardonne de tout mon cœur; & les plus riches épées ne peuvent me tenter, en ayant une aussi belle & d'une trempe aussi parfaite que celle que voici. «

La Guerrière, à ces mots, tira son épée, dont la poignée & la lame étinceloient également de la plus vive lumière. Brunel s'approcha pour la voir de plus près. » Grande Reine, lui dit-il, vous seule avez la force de vous servir d'une pareille épée, que je crois que j'aurois peine à soulever. En lui disant ces mots, il tendoit son bras; & Marphise, en souriant de sa surprise, lui laissa prendre son

épée, pour l'étonner davantage.
Mais à peine le traître l'eut-il faifie, qu'il la coucha fur fes arçons, & partit à toutes brides,
en faifant de grands éclats de rire.
Marphife, furieufe, le pourfuivit
vainement ; quoique fon cheval
fût très-bon, il n'égaloit point la
vîteffe de Frontalet ; & la Guerrière, doublement animée par la
promeffe qu'elle avoit faite de
rapporter l'anneau, & par la perte
de fon épée, jura de pourfuivre
ce larron jufqu'aux extrémités de
la terre.

Nous favons qu'avant le paifible fommeil de Roland à côté
d'Origile, dont cette méchante
& jolie créature s'étoit trouvée
bien offenfée, il avoit lu très-

attentivement le livre qu'une demoifelle venoit de lui donner ; &
c'eft dans ce livre qu'il avoit appris, que Falerine ayant connu par
fon art, que fes beaux jardins
couroient rifque d'être détruits un
jour par l'invulnérable Roland,
cette Fée s'occupoit alors à for-
ger une épée qui non-feulement
pourroit couper les armes ordinaires, par la fineffe & la force
de fa trempe, mais qui pourroit
de même trancher & percer jufqu'aux armes & jufqu'aux corps
enchantés, tels que ceux de Roland & de Ferragus : Falerine ef-
péroit remettre cette épée entre
es mains de quelque guerrier
affez audacieux & redoutable pour
attaquer Roland & pour lui don-

ner la mort. Le Paladin avoit
trouvé dans le même livre des
inſtrućtions pour s'emparer de
cette épée qui lui devenoit d'autant plus néceſſaire qu'il ne pouvoit détruire une partie des enchantemens de ces jardins ſans ce
ſecours. Roland eût dédaigné la
conquête de la ſeule arme qui
pût le bleſſer, & ſon grand
cœur ne l'eût pas redoutée dans
les mains d'Alcide même ; mais
la perfide Origile venoit de lui
dérober Durandal, & ſon bras
n'étoit armé que de la branche
noueuſe d'un chêne, dont il s'é-
toit fait une maſſue, d'une foible
défenſe contre les monſtres qu'il
prévoyoit avoir à combattre.

C'eſt dans cet état, & l'eſprit

occupé de tout ce qu'il avoit lu ,
que Roland fuivoit la route indi-
quée par le petit livre : bientôt il
apperçut des murs d'une hauteur
exceffive; ils formoient une vafte
enceinte , qui paroiffoit n'avoir
aucune porte; mais ces murs s'ouvrirent d'eux-mêmes , dès qu'ils
furent frappés par les premiers
rayons du Soleil ; un Dragon
monftrueux en occupoit prefqu'en
entier l'ouverture , en étendant
fes ailes écailleufes armées de
fortes pointes , & dès qu'il apperçut Roland , il fit un bond en ouvrant fa large gueule pour l'engloutir. C'étoit le monftre auquel la
barbare Falerine faifoit livrer tous
les matins l'un des prifonniers qui
tomboient dans fon pouvoir.

F iv

Roland s'étoit muni d'un bloc de roche arrondi qu'il avoit trouvé fur fon paffage ; il le lança dans la gueule du dragon avec tant de force, que le bloc pénétra jufques dans fa gorge ; & tandis que le monftre fe débattoit & faifoit fes efforts pour le rejetter, le Paladin lui porta fur la tête de fi terribles coups de fa maffue, qu'il lui brifa les os, & lui fit fauter la cervelle. A peine le dragon fut-il tombé mort, que le mur fe referma derrière Roland avec un grand bruit. Le brave Comte d'Angers n'en fut que plus ardent à fuivre cette périlleufe aventure.

Rien n'annonça d'abord au Paladin qu'il eût de nouveaux périls à courir; un parc superbe, orné de tout ce qui pouvoit l'embellir s'étendoit au loin; quelques groupes de statues y fixoient agréablement la vue; des sources abondantes s'élevoient en bouillonnant dans quelques parties; en d'autres, les yeux se reposoient sur la superficie tranquille d'un vaste bassin entouré de roseaux, ils n'étoient distraits que par le batement d'ailes des cignes qui se jouoient sur ce cristal liquide & par les chevreuils & les daims qui bondissoient sur ses bords; un sphinx de basalte posé sur un bloc de marbre blanc d'où sortoit une source, portoit pour inscription : *C'est en suivant ce ruisseau qu'on arrive au grand pavillon du jardin.*

F v

Roland ne balança pas à suivre ce
ruisseau qui serpentoit dans un vallon agréable terminé par un édi-
fice d'une élégante architecture ;
les portes en étoient ouvertes, &
le premier objet qui frappa sa
vue, ce fut la redoutable Falerine qui les pieds nuds & les cheveux épars, se miroit dans la lame de l'épée qu'elle venoit de fi-
nir : le Paladin voulut la saisir,
mais elle s'échappa de ses mains,
& courut long-tems au travers du
parc avant que le Paladin put la
joindre ; l'ayant à la fin arrêtée par
sa ceinture, il arracha l'épée qu'elle
portoit, & voulut la forcer à lui
dire par quel moyen il pourroit
mettre à fin cette aventure, & sortir de l'enceinte qui s'étoit refer-

mée : la Fée ne répondit rien , quelques menaces qu'il lui fit , & Roland ne pouvant se résoudre à tremper ses mains dans le sang d'une femme : » Je devrois te punir de tant de forfaits, lui dit-il ; mais, du moins , je saurai te mettre hors d'état de nuire. « Alors , coupant ses longs vêtemens par lanières, il s'en servit pour l'attacher étroitement au tronc d'un vieux sapin, & s'éloigna d'elle.

Roland , considérant alors l'épée qu'il venoit de conquérir, lut sur sa lame : *Balisarde peut donner la mort à Roland.* Il rit en voyant cette inscription , & consulta son petit livre sur ce qui lui restoit à faire. *Bouche-toi soigneusement les oreilles ; suis les bords de l'étang* » portoit le livre, *que nulle pitié n'arrête ton bras, & couvre-toi du sang que Balisarde seule peut répandre.* Roland obéit à cet ordre, & se servit d'une poignée de fleurs pour fermer tout accès au son: il apperçut bientôt une jeune personne d'une beauté ravissante, qui sortit à moitié-corps de l'eau ; & le mouvement agréable des lèvres de cette Nymphe lui fit présumer qu'elle chantoit. Un beau daim blanc sortit aussi-tôt de l'épaisseur du bois, accourut aux bords de l'étang, parut attentif à la voix de cette Nymphe, chancela bientôt, & tomba sur la rive. Roland apperçut que cette prétendue Nymphe s'élançoit sur ce daim, & l'entraînoit au fond de

l'eau qu'il vit teinte de fang
l'inftant d'après. Roland avoit entendu raconter l'hiftoire d'Ulyffe
par le favant Eginard ; il ne douta
pas que cette Nymphe fi féduifante par fes traits, fa belle gorge
& fes longs cheveux, ne cachât
fous les eaux une vilaine queue de
poiffon.

Il pourfuivit fa route , en réflé-
chiffant combien ces fortes de
fyrenes font dangereufes , lorfqu'il
en vit reparoître une autre plus
belle , plus riante encore que la
première. Regardant le Paladin
d'un air tendre , fa belle bouche
s'entr'ouvrit, découvrit deux rangs
de perles ; & l'agréable & léger
frémiffement de fa gorge d'albâtre, annonçoit que Philomele

dirigeoit sa voix. Le sage Roland donna dans ce moment
un bien bon exemple aux jeunes
Paladins François ; les charmes de
la syrène ne purent l'attendrir ;
mais voulant s'en rendre le maître,
il feignit de succomber à l'enchantement de sa voix ; il chancela, se
laissa tomber, & la syrène ne
doutant plus de son triomphe,
sortit presqu'en entier de l'eau
pour l'entraîner ; Roland la saisit à l'instant par les cheveux,
elle étoit cependant si belle, qu'il
l'eût peut-être épargnée ; mais
comme elle se débattoit sur la
surface de l'eau, tout ce que Roland apperçut de plus alors, lui
fit lever Balisarde, & d'un revers
il coupa cette belle tête.

Deux jets de fang s'élancèrent du col; Roland en couvrit fon cafque, fes mains & fes armes; il déboucha fes oreilles, longea les bords de l'étang dont la digue & les entours paroiffoient fermés par une muraille femblable à la première; ces murs s'ouvrirent pareillement à fon approche; un taureau furieux dont les deux cornes lançoient un feu plus vif que celui de la foudre s'élança contre le Paladin; un coup de Balifarde coupa l'une de ces cornes; mais Roland frappé de la feconde fût renverfé, & s'il n'eût été couvert du fang de la firène, fes armes & fon corps euffent été calcinés par ce feu deftructeur: le Paladin fe releva, & coupant d'un autre coup la feconde corne du taureau, ce fougueux animal s'abîma dans la terre, & lui laiffa libre cette feconde enceinte : il l'eut bientôt traverfée, & fuivant une allée d'arbres élevés, il parvint à la troifième dans laquelle il n'apperçut d'abord qu'un arbre touffu qui dominoit tous les autres; mais il s'en éleva dans le moment un oifeau monftrueux qui fit frémir l'air & le fommet des arbres par le fifflement de fes ailes; cet oifeau furpaffoit les plus forts griffons par fa grandeur, fon bec & fes griffes tranchantes; les plus vives couleurs éclatoient fur fes plumes, elles éblouiffoient les yeux, & l'eau corrofive que l'oifeau lançoit de fon bec, les bruloit en les touchant. L'oiſeau plana quelque tems ſur la tête du Paladin en jettant des cris aigus ; mais Roland inſtruit par le livre, n'eut garde de lever les yeux, & ſe couvrant la tête de ſon bouclier, il attendit l'oiſeau qui fondit à la fin ſur lui, ſaiſit ſon bouclier qu'il retenoit fortement, mais qu'il fut obligé d'abandonner, ſe trouvant enlevé par les fortes ſerres de ce monſtre qui lança plus vivement que jamais ſa liqueur dangereuſe. Roland baiſſant la tête ſçut en garantir ſes yeux, & le ſang de la ſirene défendit le reſte de ſon corps de ſa malignité ; l'oiſeau voyant Roland courbé juſqu'à terre, voulut fondre ſur lui pour le déchirer, mais le Paladin le ſaiſſant par l'une de fes ailes, lui porta de l'autre main un coup affez heureux pour lui couper la tête.

Roland pouvant alors ouvrir les yeux, vit avec furprife quel étoit le péril dont il étoit échappé: croyant n'avoir plus de nouveaux ennemis à combattre, & fatigué des longs & pénibles efforts qu'il avoit faits, il crut pouvoir s'aller repofer quelques momens fous un riche portique qu'il voyoit à l'autre extrémité de l'allée ; il étoit prêt du feuil de ce portique, lorfqu'une forte mule, dont les pieds étoient d'airain , & qui portoit pour queue une longue & large épée de bataille, courut fur lui, en faifant retentir l'air d'un brayement affreux, & dreffant deux

oreilles, dont la force & la longueur égaloit celle d'un cable.
L'intrépide Roland n'avoit point
encore éprouvé des périls auſſi
preſſans, que celui qu'il courut
alors; au moment où ce Paladin
voulut porter un coup de Balifarde à la mule, elle ſe retourna
bruſquement, & lui lançant ſes
deux pieds d'airain dans l'eſtomac,
elle le jetta loin de dix pieds à la
renverſe; revenant ſur lui, ſes
longues oreilles ſe replièrent pour
former pluſieurs tours qui lioient
étroitement le Paladin : il parvint
enfin à ſe dégager le bras droit;
& ſe ſervant de Baliſarde qu'il n'a-
voit point abandonnée, en deux
coups il trancha les deux oreilles
& la queue de ce terrible animal,

qui s'enfuit & difparut dans la forêt.

Roland, maître du portique, le
traverfa pour entrer dans un beau
fallon, où le Paladin, altéré par
tant de différens combats, vit une
table couverte de mets délicieux,
& des flacons de criftal de roche,
où l'ambre & le rubis liquide des
vins les plus parfumés pétilloient,
& fembloient inviter à boire. Roland, exténué de fatigue, étoit
prêt à fuccomber à tout ce qui
l'attiroit à cette table ; mais heu-
reufement il fe fouvint de conful-
ter fon livre, qui l'inftruifit que
ces mets & ces vins étoient affou-
piffans, & que s'il avoit l'imprudence d'y gouter, il deviendroit
lui-même la proie d'un ogre, qui

n'attendoit que le moment de le voir privé de fes fens, pour le faifir & pour le dévorer.

Le Paladin, affez fujet à fuivre tous fes premiers mouvemens, connut peut-être alors, pour la première fois, qu'il eft utile de les réprimer; une réflexion très-fage fut le prix de fa prudence : il alla s'affeoir à cette table; il fit femblant de manger, de boire, & de céder, l'inftant d'après, au pouvoir affoupiffant de ces mets. L'ogre le voyant immobile, accourut pour l'enchaîner ; mais Roland fe levant brufquement, coupa l'ogre par le milieu du corps, d'un feul coup de Balifarde, termina cette quatrième aventure; & fuyant ces mets empoifonnés, il fe remit en marche, en fuivant le vallon.

Le Comte d'Angers, chemin faifant, confulta fon livre ; tout ce qu'il y lut annonçoit de nouveaux périls, de nouveaux obftacles à furmonter : *Tu dois combattre un fort géant*, difoit le livre, *mais fi tu réuffis à lui donner la mort, il renaîtra de fon fang deux autres géans femblables au premier ; & fi ces deux géans tombent fous tes coups, quatre autres prendront leur place*....... Le livre n'annonçoit aucun moyen de mettre à fin cette aventure, une grande lacune interrompoit fes inftructions.

Quelques lignes au-deffous il étoit écrit : *Le Chevalier vainqueur*

& maître de la cinquième enceinte, ne peut détruire les enchantemens de ces jardins, s'il ne coupe une branche d'arbre à laquelle leur fort est attaché ; cette branche est portée par un arbre, dont la tête s'élève jusqu'aux nues, & dont le tronc est lisse, & dur comme un ivoire poli. . . . . . .

Le bon Roland eût bien desiré que le livre se fût expliqué plus clairement ; il se rendoit justice, & se sentoit bien plus propre à combattre qu'à deviner quelques expédiens : » Allons toujours en avant, se dit-il à lui-même : bien des gens se croient de l'imagination, sans en avoir ; peut-être que moi, qui ne m'en sens point du tout, je m'en trouverai, quand

j'en aurai le plus preſſant beſoin:
commençons par nous défaire de
ce géant. « En diſant ces mots, il
marcha d'un pas délibéré vers une
porte d'argent qu'il ſe propoſoit de
mettre en pièces avec ſa bonne
épée; mais un géant de quinze
pieds de haut accourut, & débuta
par lui donner un coup de pied ſi
violent au milieu de ſon bouclier , qu'il l'envoya tomber à
dix pas à la renverſe. Ceux
qui connoiſſent Roland imagine-
ront ſans peine qu'un pareil traitement le mit de très-mauvaiſe
humeur : Anthée en touchant la
terre , ne ſe ſeroit pas relevé avec
plus de force & de fureur : ſon
premier début fut de couper la
jambe qui l'avoit ſi vivement inſulté.

Le

Le géant fit le même bruit en tombant qu'une tour qui s'écroule, & Roland ramaffant cette jambe, s'en fervit comme d'une maffue pour lui donner fur les oreilles jufqu'à ce que fa cervelle & fon fang euffent rougi la terre; mais il y gagna peu puifqu'à l'inftant deux géans femblables au premier fe releverent & vinrent attaquer le Paladin : Roland n'en fut point étonné; fon bras armé de Balifarde leur eût facilement donné la mort, mais il fe fouvint qu'il en naîtroit quatre autres de leur fang, & nos Lecteurs conviendront qu'il eft fort ennuyeux d'avoir toujours de nouveaux géans à combattre : Roland prit donc le parti très fage de les colleter l'un

G

après l'autre, de les renverser &
de les lier si fortement, qu'ils ne
pussent ni se relever ni se séparer.

Sans tirer vanité de ce moment
d'imagination qui l'avoit si bien
servi, le Paladin ne s'occupa plus
qu'à couper la branche enchantée
cachée dans le faîte de cet arbre
unique en son espèce, sur lequel
une allouette eût mis un quart
d'heure à s'élever. Heureusement
le savant Eginard, dont le foible
étoit d'aimer à faire des contes,
avoit appris à Roland les moyens
dont Alexandre s'étoit servi pour
démêler le nœud gordien.

» Oh, oh, dit-il, avec dix ou
douze coups bien appliqués de
Balisarde, j'égalerai bientôt sa
hauteur à celle de l'herbe de la

prairie. « En difant cela, le bon Roland s'approche, le bras levé, du pied de l'arbre ; mais tout-à-coup le faîte de cet arbre s'agite fortement, & bientôt un déluge de pommes d'or, pefant plus de dix livres, tombent fur le Paladin, le meurtriffent, & l'étourdiffent au point qu'elles l'obligent à fe retirer promptement hors de por-tée de leur atteinte : il fut donc obligé de faire encore un grand effort d'imagination pour furmon-ter cet obftacle ; des ofiers qui s'élevoient affez près dans un ter-rein marécageux, lui fournirent les matériaux néceffaires pour faire un grand panier pointu qu'il fe mit fur la tête, & qui le couvroit tout entier ; ce fut avec fon fecours que l'habile & prudent Paladin brava la chute des pommes d'or, coupa l'arbre par le pied bien à son aise, & courant de toutes ses forces à son sommet, dès qu'il fut tombé, la branche fée fut bientôt tranchée avec toutes celles qui la cachoient.

Un tremblement de terre affreux accompagné de longs mugissemens, le soleil obscurci, le ciel sillonné par les traits anguleux de la foudre, la terre entrouverte d'où s'élançoient des feux dévorans, signalèrent le moment de la destruction des jardins de Falerine: tout ce qui n'étoit que l'ouvrage de l'art ténébreux de l'Enchanteresse disparut, & Roland se trouva dans une campagne aride; mais

il y retrouva l'Enchantereffe que
fon pouvoir n'avoit pu délier du
tronc d'arbre auquel il l'avoit attachée. Roland s'approche de Falerine qu'il trouve baignée de larmes & défefpérée de la perte de
fes beaux jardins ; Roland la dé-
lie, & la force à le conduire à
l'Ifle du Tréfor qu'habite Morgane ; il la fait marcher devant lui ,
la tenant toujours par les cheveux.
Ils arrivent bientôt auprès d'un
grand fleuve fur le bord duquel
une forte tour eft affife, & défend
le paffage d'un pont. Roland voit
les armes de Renaud, de Brandimard, de fes deux neveux & de
plufieurs Chevaliers renommés ,
appendues à cette tour ; le Paladin fonne de fon cor, provoque

au combat le géant qui défend ce
paffage ; il le précipite dans la rivière après un léger combat ; il
paffe le pont, traverfe une vafte
prairie, & parvient librement à
la porte d'un palais immenfe où
l'or & les diamans étincellent de
toutes parts ; il pénètre fans obftacle dans cette vafte enceinte,
& felon l'inftruction du livre, il
en parcourt les jardins.

Bientôt le Paladin y trouve la
belle Fée Morgane endormie fur
le bord d'une fontaine ; fes beaux
& longs cheveux flottent fur fon
fein & fur fes épaules d'albâtre ;
le Paladin eft peu touché de fes
charmes ; & négligeant de conful-
ter fon livre, il laiffe Morgane
endormie, & marche vers les obf-

tacles qui peuvent lui réfifter ; fon premier combat réveille Morgane qui fe relève & s'échappe de lui ; mais c'eft en vain que le Paladin détruit tous les monftres qui s'op-pofent à fon courage, & qui fe renouvellent à chaque pas. Il ap-perçoit enfin un palais de criftal, très-tranfparent, dans lequel il re-connoit que fon coufin Renaud, fon ami Brandimart, fes deux ne-veux fils d'Olivier, un jeune Prin-ce d'une beauté célefte, & plu-fieurs autres Chevaliers font ren-fermés : déjà Roland lève la re-doutable Balifarde pour brifer le foible obftacle qui le fépare de fes amis & de fes proches ; mais il eft arrêté par les cris du jeune Prin-ce, qui lui dit que s'il touche à ce

criftal, la terre s'ouvrira pour les
engloutir, & que le feul moyen
de mettre fin à ces enchantemens
eft de faifir Morgane par fes longs
cheveux, & de l'arrêter.

Roland retourne promptement
vers la fontaine près de laquelle
il a laiffé Morgane endormie; il
trouve cette belle Fée réveillée;
elle danfe autour d'une fontaine
en chantant une efpèce de leçon
que la fortune & l'amour donnent
également: *Qui perd l'occafion,
la retrouve bien difficilement*. Il
veut faifir Morgane; mais l'hy-
rondelle qui plane doucement fur
la pointe des herbes, en les bat-
tant du bout de fes ailes, s'éloigne moins rapidement de la jeune
fille qui croit pouvoir la prendre,

que Morgane ne s'échappe des
mains du Paladin ; Roland la poursuit vainement ; elle lui fait parcourir des rochers, des fables
mouvans, des précipices ; elle s'é-
lance dans les eaux, il les fend
d'un bras nerveux après elle ; pour
comble de fatigue & de peine,
un spectre affreux & livide, armé
d'un long fouët, le poursuit, le
frappe, & Roland, quoiqu'armé,
sent tous les coups qu'il lui porte : furieux, il se retourne, il
veut frapper un coup de gantelet
sur le spectre, il ne trouve qu'une
ombre légère qui redouble ses atteintes, en lui criant qu'il est le
Repentir, & qu'il le poursuivra
toujours : le Paladin fait de nouveaux efforts, il redouble d'im-

pétuofité ; il faifit enfin Morgane
par fes beaux cheveux, & cette
belle Fée à denni nue refte immobile & couverte de larmes entre
fes bras : qu'elle étoit féduifante
en ce moment ! mais l'amant d'Angélique ne put en être touché :
c'eft vainement que cette belle
Fée veut lui prodiguer tous les
tréfors de la terre ; c'eft vainement
qu'elle femble abandonner tous
ceux qui parent fa figure célefte ;
Roland perfifte à lui demander la
clef du palais de criftal, elle eft
forcée de céder : » Ramènes tes
compagnons, lui dit-elle ; choifis
dans cette Ifle fi riche tout ce qui
pourra te plaire ; tu fortiras librement de ce palais ; les eaux fe
durciront fous tes pieds, pour te

laisser un libre passage ; je ne te demande que de me laisser le beau Ziliant que j'adore. « Roland le lui promet, reçoit la clef, court délivrer tous les prisonniers, hors le jeune Ziliant qui fond en larmes, qui lui dit qu'il est le fils du Roi Monodant, & que tout sensible qu'il est à l'amour de la belle Morgane, il gémit de languir dans une honteuse oisiveté : Roland lui dit que sa parole est engagée à ne le point arracher des bras de la Fée, mais qu'il lui promet de revenir dans peu pour le tirer de cette Isle, & le ramener à la cour d'Eleuth.

Roland, après avoir délivré Renaud, ses deux neveux, son ami Brandimard, & le brave Dudon fils d'Ogier le Danois, se sépare des Paladins François, & veut retourner avec Brandimart vers le Cathay : les deux amis rencontrent dans leur chemin une espèce de Nain richement vêtu, qui monte un superbe cheval, & qui fuit devant un Chevalier à pied : ce Chevalier est encore assez loin, pour que le Nain s'arrête près du Comte d'Angers, lui fasse un conte en l'air, s'en approche, lui vole Balisarde, & s'enfuie en se moquant de lui : Roland plus empressé de retourner au Cathay que de poursuivre le larron, continue de marcher, repasse près de Falerine à laquelle il raconte toutes ses aventures dans l'Isle de Morgane. Il finit par lui demander

des nouvelles de la Princeffe parente d'Angélique qu'il veut délivrer : Falerine l'affure, qu'étant
très-amie de Galafron, elle n'a
jamais attenté à la liberté d'aucune de fes proches: le bon Roland devroit conclure de ce qu'il
apprend de l'Enchantereffe, qu'Angélique, en lui donnant fes ordres, n'a cherché qu'un prétexte
pour l'éloigner d'elle : mais fe
rend-on jamais à la plus forte vrai-
femblance, quand elle accufe celle
qu'on adore. Roland n'en eft
point frappé ; fa grande ame eft
au-deffus du foupçon. Il pourfuit
fa route avec fon ami ; tous
les deux arrivent fur les bords
d'un fleuve : une demoifelle fe
préfente fur le tillac d'une grande

barque, & leur offre poliment de leur faire traverſer ce fleuve : ils entrent dans la barque , ils ſont conduits dans ſon intérieur, & le premier objet qui ſe préſente aux yeux de Roland, c'eſt la perfide Origile qui retombe une ſeconde fois entre ſes mains avec Duran-dal & Bride-d'or : Roland mépriſe également ſes excuſes, ſes larmes, & dédaigne de la punir. Il aborde de l'autre côté du fleuve, mais lorſqu'il veut pourſuivre ſa route, il voit que le chemin eſt défendu par de larges foſſés & une forte tour. Un vieillard, Châtelain de cette tour, vient au-devant de lui : » Sei-gneur Chevalier, lui dit-il, vous ne pouvez obtenir le paſſage ſans jurer de rendre un ſervice impor-

tant au Roi Monodant, qui ré-
fide près d'ici dans Eleuth, capitale de fes Etats : ce Prince
avoit deux fils ; l'aîné, nommé
Bramador, lui fut enlevé par un
Chevalier de fa Cour, qui mécontent de lui crut ne pouvoir
mieux s'en venger qu'en s'empa-
rant de cet enfant dont il n'a jamais eu de nouvelles ; le fecond
nommé Ziliant, eft le plus aimable & le plus beau Prince qui ref-
pire : il faifoit les délices du Roi
Monodant & de fa cour, mais la
Fée Morgane l'ayant rencontré
dans un bois où la chaffe l'avoit
égaré, cette belle Fée n'a pu réfifter à fes charmes : nous croyons
que Ziliant eft devenu fenfible
pour les fiens, & depuis ce mo-

ment, Morgane le retient dans
son Isle du Trésor : Monodant a
consulté les Mages : le plus ancien & le plus habile a dit à ce
malheureux père qu'il ne pouvoit
espérer la délivrance de Ziliant
que de la main d'un Paladin François qui pourroit même lui faire
retrouver le premier fils qu'il a
perdu : Monodant en conséquen-
ce, a fait bâtir cette tour, & fait
garder ce pas par Varillard, le
plus terrible & le plus indomptable géant qui soit sorti des forêts de l'Hircanie : son ordre est
d'arrêter tous les Chevaliers,
qu'aux armes telles que celles
que je vous vois, il reconnoi-
tra pour être François, & de
les envoyer prisonniers à la cour

du Roi Monodant. Le vieillard, en continuant fon récit, apprit à Roland, que ce géant s'étoit emparé de plufieurs Chevaliers François, après un long combat, & Roland reconnut à la defcription que le vieillard fit de leurs armes, que ce devoit être Renaud & fes compagnons. Le Paladin eût pu facilement obtenir un libre paffage, en renouvellant un ferment qu'il avoit déjà prêté lorfqu'il avoit laiffé Ziliant dans l'Ifle du Tréfor ; non-feulement il ne put fouffrir d'avoir l'air de céder à la force, mais il voulut venger l'honneur des Chevaliers François, en faifant tomber Varillard fous fes coups ; & fe faififfant d'un cor qu'il vit attaché fur un poteau, le Paladin le fit retentir avec force, pour provoquer le géant au combat.

Varillard parut bientôt, couvert d'armes prefqu'auffi fortes qu'une enclume; le combat fut long & terrible; mais Roland étant invulnérable, & Durandal tranchant les fortes armes de Varillard, & lui faifant de profondes bleffures, ce géant prit le parti de la fuite, & fe retira vers la tour à grands pas.

Le Comte d'Angers pourfuivant fa victoire, fuivit Varillard, entra dans la tour après lui : Brandimart alors, qui craint quelque embuche cachée dans cette tour, fuit Roland d'affez près pour voir en entrant que Varillard tire une corde, & du haut du plafond il tombe des filets d'acier dont Roland est enveloppé. Brandimard, furieux de cette supercherie, se jette sur Varillard affoibli par la perte de son sang, le tue, dégage Roland des filets : tous les deux restent maîtres de la tour. Origile s'enfuit en méditant une nouvelle trahison, & court annoncer au Roi Monodant la mort de Varillard, & lui promet de conduire un fort détachement de ses troupes pendant la nuit prochaine, pour s'emparer des deux Chevaliers, tandis qu'ils feront plongés dans le sommeil, s'il veut lui rendre Griffon qu'elle aime, & qu'il retient au nombre de ses prisonniers. Monodant y consent ; il délivre Griffon, qui, féduit par fon amour pour Origile, ne fçait plus qu'obéir à cette beauté fi perfide. Elle l'entraîne avec elle : mais loin de retourner à la tour, elle lui fait prendre des chemins détournés ; & lui prodiguant fes faveurs, elle lui fait oublier l'amour de la gloire & de fes proches, pour fe livrer en entier à la paffion qui bientôt doit lui caufer de grandes peines.

Roland & Brandimart font en effet furpris par le détachement qu'Origile a conduit jufques dans l'intérieur de la cour. On les amène à Monodant : mais dès que ce Prince fçait que c'eft le plus renommé Paladin de la Cour de France & le célèbre Brandimart, il les comble d'honneur ; Roland lui donne des nouvelles de Ziliant, lui rend compte du serment qu'il a prêté, retourne à l'Isle du Trésor, se jette dans le fleuve pour y pénétrer, saisit Morgane, délivre Ziliant, & le ramène à son père. Le Roi Monodant offre au brave Paladin de partager ses riches Etats avec lui ; mais Roland n'accepte qu'un brasselet d'un prix inestimable, dont il se propose de faire un don à la belle Angélique, comme étant le prix de ses victoires. Il part, & chemin faisant, il retrouve Bride-d'or, qu'il enlève à deux Chevaliers, & qu'Origile avoit dérobé pour la troisième fois.

Pendant que ces événemens se

paſſent dans la Cour du Roi Monodant, Renaud, Guidon , Aquilant & le Prince d'Angleterre,
délivrés des priſons de Monodant,
reprennent le chemin de la France: ils traverſent Aſtracan , & ſe
trouvent ſur les bords de la mer
Caſpienne. Ils voient ſur le rivage
une jeune beauté, dont les charmes leur paroiſſent ſupérieurs encore à ceux d'Angélique. Aſtolphe
frappé d'un trait vainqueur , entraîne ſes compagnons auprès
d'elle. Cette Nymphe chantoit
alors d'une voix mélodieuſe ſur le
bord d'une eſpèce de petit cap,
qui ſembloit tenir au rivage, &
tous les poiſſons qui paroiſſoient
attentifs à ſes chants , venoient
d'eux-mêmes ſe rendre à ſes pieds.

L'indifférent Renaud veut en vain retenir son cousin Astolphe; cet aimable Prince, entraîné par l'ardeur de sa passion naissante, n'est plus arrêté par ses cris: il descend de cheval, il court à l'extrémité de ce cap, pour se jetter aux pieds de cette Nymphe qui l'a déjà remarqué, qui lui sourit, & qui porte sur lui ses regards enchanteurs. Il se jette à ses genoux; & dans l'instant Renaud voit que ce qu'il a pris pour un cap, est le dos d'une baleine monstrueuse, qui s'éloigne à l'instant du rivage, en portant Astolphe & la Nymphe. Renaud fait élancer Bayard dans la mer, pour aller au secours de son cousin; mais une vague impétueuse repouffe Bayard fur le rivage; une tempête s'élève ; & bientôt la baleine, Aftolphe & la Nymphe, difparoiffent aux yeux des Paladins François, qui, très-affligés de la perte du Prince Anglois, continuent leur chemin vers la France.

Roland & Brandimart ont peine à partir d'Eleuth, où Monodant cherche à les retenir ; mais le premier brûle de fe trouver aux pieds d'Angélique, & Brandimart a le même empreffement de rejoindre fa chère Fleur-de-Lys : ils reprennent le chemin d'Albraque. Brandimart eft heureux, en revoyant Fleur-de-Lys, dont il eft tendrement aimé ; Roland croit l'être. Angélique fe trouvant dans l'obligation de feindre avec ce Paladin

ladin qu'elle vient d'expofer aux plus grands périls, attache à fon bras d'albâtre le braffelet que Roland lui préfente comme le prix de la délivrance de Ziliant & de la deftruction des jardins de Falerine.

Roland ne lui parle pas même de la réponfe de cette Fée, lorfqu'il l'a fommée de lui rendre fa prétendue parente. Ofe-t-on jamais exiger une explication de celle que l'on aime, lorfqu'on eft amoureux & foumis? Angélique conferve fon empire abfolu fur Roland; il fe croit bien payé par un feul regard de tout ce qu'il a fait pour elle : captivé, n'ofant même exprimer fes defirs, il eft aux pieds d'Angélique comme un

H

lion apprivoifé qu'une jeune Bergère conduit attaché par une chaîne de fleurs; & fans l'injufte prévention d'Angélique pour Renaud, il méritoit bien un retour plus fincère & plus tendre.

Les deux Paladins trouvèrent Galafron & fa Cour dans les plus vives allarmes. Le brave Mandricard, devenu maîtrè du vafte Empire de la Tartarie par la mort du grand Agrican fon père, avoit juré de le venger. Mandricard, plus fort, plus redoutable encore qu'Agrican, s'étoit déjà fignalé par mille exploits ; trop de férocité feulement obfcurciffoit les grandes qualités & la valeur éclatante de ce Prince.

Ayant fçu que Sacripant, Roi

de Circaſſie , avoit défendu la ville d'Albraque contre Agrican ſon père , & qu'il s'étoit porté contre ce Prince à la tête de ſes Circaſſiens dans la grande bataille où cet Empereur avoit perdu la vie , il commençoit par ſe venger de Sacripant ; il s'étoit mis à la tête de ſes Tartares Nogaïs ; & ſe portant vers les Calmouques qu'il avoit joints à ſes premières troupes , il avoit traverſé la chaîne de montagnes qui les ſépare de la Circaſſie ; deſcendant dans les plaines de ce Royaume fertile , ſes affreux & barbares Tartares avoient fait un maſſacre horrible du plus beau peuple de l'univers. Le brave Prince Liſca , frère de Sacripant , ayant raſſemblé quelques troupes à la hâte, s'étoit opposé vainement aux premiers efforts de Mandricard ; il avoit perdu la vie par la main de ce farouche Guerrier, qui pourfuivant fa victoire, fe propofoit de conquérir le Cathay, dès qu'il auroit ravagé la Circaffie. Sacripant étoit parti précipitamment d'Albraque, pour aller défendre fes Etats, & pour demander des fecours à Gradaffe Empereur de la grande Sérique, qu'il favoit être alors à la tête d'une puiffante armée.

Il falloit une raifon auffi forte, un danger auffi preffant, pour forcer Sacripant à s'éloigner d'Angélique, qu'il laiffoit prefque fans fecours, & dans la douleur du larcin que Brunel avoit fait de son anneau, dont le pouvoir la mettoit à l'abri des plus grands périls.

Cette perte cruelle, les menaces de Mandricard & le départ subit de Sacripant avoient fait sentir à la Princesse du Cathay de quel prix étoit la présence de Roland pour son père & pour elle. Elle prenoit donc beaucoup sur elle pour bien traiter le Paladin François. Mais Renaud, malgré tant de raisons & de services, occupoit en entier son cœur & son souvenir : ne pouvant plus résister à son impatience de se rapprocher de ce Chevalier, la foible & trompeuse Angélique trouve sans peine l'occasion de parler en particulier à Roland, qui la cherchoit sans ceſſe. » Je n'ai plus mon anneau, lui dit-elle, je peux être aſſiégée dans Albraque ; je connois, cher Comte , votre courage invincible ; mais je ne veux plus expoſer ni votre tête ni la mienne à de ſi grands périls : le ſort des armes peut rendre Mandricard vainqueur ; je ne penſe pas ſans horreur que je peux devenir ſa proie : ah ! partons d'Albraque ; ne nous ſéparons plus , cher Comte ; conduiſez-moi dans les belles Provinces de votre appanage ; que puis-je craindre étant ſous votre garde, & quels affreux événemens ne puis-je pas éprouver, ſi je m'expoſe une ſeconde fois aux horreurs de la guerre. «

Qui pourroit exprimer les tranſ-

ports de Roland, lorfqu'il apprend
de la bouche même de celle qu'il
adore, qu'elle veut fe remettre
fous fa garde, abandonner les
Etats de fon père, & paffer en
France dans les Provinces dont il
eft Seigneur. Il fe jette à fes
pieds, il baife fa belle main qu'elle
abandonne pour la première fois;
il jure de lui facrifier fa vie; il
court trouver Fleur-de-Lys & fon
ami Brandimart, leur fait part de
fon bonheur, les détermine fans
peine à le fuivre en France, &
tous les quatre préparent leur départ pour la nuit fuivante.

Ces quatre amans, dont deux
feuls étoient heureux, quoique
Roland crût auffi l'être, fortirent
d'Albraque fans être apperçus, &

ne voulant pas s'expofer aux périls de la mer, ils efpèrent traverfer fans obftacle les pays im-
menfes qui les féparoient de la
France, croyant qu'elle jouiffoit
d'une paifible paix: ce Royaume
commençoit cependant alors à devenir le théâtre de la guerre, &
Charles avoit déjà convoqué fes
grands vaffaux avec toutes leurs
forces pour réfifter à l'orage qu'il
favoit être prêt à fondre fur lui.
L'Empereur Agramant raffembloit
en effet une armée formidable,
& la flotte la plus nombreufe
que la mer d'Afrique eût portée,
pour paffer en France ; Rodomont, en lui montrant fon épée,
& partant pour fe préparer à la
guerre, lui dit d'un air préfomp-

tuèux : » Soyez sûr, Seigneur,
que je tiens ici la clef de l'Italie
& de la Provence ; préparez-vous,
partez en diligence , mon bras
vous ouvrira le chemin, & vous
trouverez les portes de ces riches
contrées ouvertes pour vous recevoir. «

Le redoutable Roi d'Alger partit en effet pour fes Etats où fes
troupes depuis long-tems aguer-
ries s'embarquèrent peu de jours
après fur des vaiffeaux devenus
déjà les tyrans de la mer par les
pirateries qu'ils exerçoient fans
ceffe : Rodomont comptoit fe
porter fur la Provence ; mais re-
pouffé par des vents contraires, &
l'eau commençant à manquer à fes
vaiffeaux, il fut obligé de faire fa

defcente en Italie : n'ayant point
une armée affez nombreufe pour
affiéger Gènes, il ravagea fon ter-
ritoire & le Crémonois : cependant Didier, Roi de Lombardie,
le retint affez long-tems pour rallentir fa marche, & pendant ce
temps Charlemagne put fe préparer à fe défendre contre les efforts
de Gradaffe, d'Agramant, & de
l'ingrat Marfile, qui s'étoient réunis pour détruire & fubjuguer
l'Empire d'Occident.

Roland & Brandimart, ayant
Angélique & Fleur-de-Lys fous
leur garde, marchoient à grandes
journées pour s'éloigner des pays
foumis à Galafron, & bientôt ils
arrivèrent fur les limites des déferts
fablonneux de Chama. L'Arche-

vêque Turpin ne craint point de
parler de la félicité toujours nouvelle dont jouiſſoient Brandimart
& Fleur-de-Lys qui s'étoient donnés mutuellement leur foi, mais
il ſe tait ſur Angélique & Roland ; nous ignorerions , ſans la
continuation de ſes chroniques ,
tombées depuis entre les mains de
l'Arioſte , qu'il ſoit poſſible qu'un
jeune & brave Paladin François
puiſſe paſſer les jours & des nuits
bien longues près d'une maîtreſſe
adorée , ſans en obtenir le don
d'amoureuſe merci.

Les quatre amans traverſèrent
avec peine ce vaſte déſert, où ſur
la fin les vivres leur manquèrent.
Ceſſant enfin d'avoir les yeux bleſ-
ſés par l'aridité d'un ſable brû-

H vj

lant, ils entrèrent dans une forêt
où plufieurs chèvres qu'ils apperçurent leur donnèrent l'efpérance
de trouver une habitation ; ils
virent en effet quelques cabanes
difperfées dans le bois ; & bientôt
la lueur d'un grand feu, l'odeur
même de quelques viandes gril-
lées, les attira près d'une fontaine
fur les bords de laquelle une
troupe nombreufe de Leftrigons
étoit affife en rond, & dévoroit
des chevreaux rôtis, qu'une autre
troupe préparoit à peu de diftance.
Angélique & Fleur de-Lys étoient
bien effrayées, en voyant l'horrible figure de ces efpèces de
monftres, dont les yeux ardens fe
tournoient tous fur elles ; cependant elles fe raffuroient un peu,

croyant que c'étoit leur façon de lorgner.

Roland & son ami s'approchè-rent d'un air poli de celui qui leur paroissoit être le chef de la trou-pe, & le prièrent de leur laisser prendre part à leur festin : ce chef ne leur répondit que par une es-pèce de gloussement aigu, qui fit frémir Angélique ; ses Lestrigons se levèrent tous en même temps, & deux d'entre eux coururent aux jeunes Dames, leur tâtèrent les reins, & firent un signe très-expressif à leurs compagnons, auxquels ils annonçoient qu'elles étoient excellentes à dévorer. Comme c'est, sans contredit, le plus grand danger que puissent courir deux jolies personnes, An-

gélique & Fleur-de-lys en eurent
une si grande terreur, qu'elles
s'enfuirent à toute bride, pour
s'échapper des mains de ces vi-
lains mangeurs de Demoiselles.

Quoique Roland & Brandimart
mourussent de faim, ils auroient
volé sur leurs traces, si dans ce
moment même ils n'eussent reçu
tous les deux un coup de massue
qui les convainquit que ces Lestrigons n'étoient pas plus polis que
galans. Durandal & l'épée de
Brandimart se rougirent bientôt du
sang de ces monstres ; les bras,
les têtes & les massues couvrirent
la place du festin ; & dès que les
deux amis se furent débarrassés
des Lestrigons qui les avoient attaqués, ils volèrent sur les traces

de leurs maîtresses : ils furent
malheureusement obligés de se séparer, Angélique & Fleur-de-Lys
ayant pris deux routes différentes ;
mais tous les deux arrivèrent à
temps pour les secourir, & pour
donner la mort aux Lestrigons qui
les poursuivoient.

Brandimart & Fleur-de-Lys
cherchèrent en vain leurs compagnons dans cette immense forêt ;
ils ne firent que s'en éloigner davantage. Exténués tous les deux,
ils étoient prêts à succomber,
lorsqu'une caravane de Scythes,
qui traversoit les déserts pour se
rendre dans la grande Sérique,
leur donna tous les secours dont
ils avoient besoin, & des provi-
sions pour subsister dans ce pays

fauvage , qu'ils leur confeillèrent
de traverfer promptement. Brandimart & Fleur-de-Lys en effet,
défefpérant de pouvoir retrouver
Roland, fe déterminèrent à fuivre
la route que venoit de faire la
caravane.

Un jour plus brillant perçant au
travers de la forêt, leur faifoit juger qu'ils étoient prêts d'entrer
dans la plaine , lorfque tout-à-coup
ils furent attaqués par une troupe
de brigands que les riches habits
& les armes brillantes de Brandimart avoient attirés , mais ils firent
peu de réfiftance aux coups terribles du Chevalier ; il achevoit
de les abattre , lorfqu'un homme
d'une taille gigantefque , couvert
d'un cafque brillant entouré d'une

couronne d'or, accourut au grand
galop de fon cheval; c'étoit le
fameux Tartare Barigace, monté
fur le puiffant cheval Bartolde,
dont la beauté ne le cédoit qu'à
celle de Bayard; ce brigand étoit
poffeffeur de Tranchère & du
cafque d'Agrican; un Capitaine
Tartare avoit trouvé le corps de
fon Empereur, dans le bois où
ce valeureux Prince étoit tombé
fous les coups de Roland; il avoit
rendu les derniers devoirs à fon
corps qu'il avoit enterré avec toutes fes armes, ne réfervant que
fa bonne épée Tranchère & fon
cafque dont il s'étoit armé; Barigace avoit enlevé l'un & l'autre
avec la vie à ce Capitaine, & s'en
fervoit depuis pour exercer fes

brigandages. » Je te remercie, dit-il à Brandimart, de m'avoir défait de cette vile canaille indigne de me servir ; je te remercie aussi de m'avoir amené cette jolie fille ; car je commençois à m'ennuier la nuit dans ces forêts. « Brandimart pour toute réponse, court la lance en arrêt sur Barigace qui songeant seulement à l'empêcher de se dérober à ses coups, porte la sienne dans le poitrail de son cheval qui tombe mort entre les jambes de son maître : tandis que celui-ci fait des efforts pour se dégager, Barigace se jette à terre, tire la redoutable Tranchère, & court pour lui couper la tête : Brandimart se lève, porte long-tems des coups inutiles sur le casque enchanté d'Agrican ; Barigace cependant étourdi de leur pefanteur s'étonne, chancèle, & Brandi-mart d'un revers, fait voler fa tête aux pieds de Fleur-de-Lys ; il s'empare du bon cheval Bartolde, de Tranchère ; & défarmant la tête coupable du brigand, il fe couvre du cafque d'Agrican.

Les deux amans continuent leurs routes ; ils arrivent dans la Capitale du Royaume de Nayada avec le plaifir de favoir qu'ils ont traverfé les déferts, & que les routes qu'ils ont à parcourir les conduifent de villes en villes. A deux journées de Kunithitky, ils apperçurent un vafte & magnifi-que palais, fermé par des grilles d'or enclavées dans des pilaftres

de marbre blanc couverts de bas-
reliefs. Tandis qu'ils s'arrêtent à
les confidérer, une Dame, les
cheveux épars, paroît fur un balcon, & leur crie : » Eloignez-
vous, malheureux voyageurs, de
ce palais dangereux, où vous êtes
fûrs de trouver la mort, fi vous
êtes apperçus. «

Le grand cœur du fils de Monodant le portoit à tenter cette
aventure ; mais retenu par l'amour
& par les larmes de fa maîtreffe,
il reftoit indécis, lorfqu'une des
grandes grilles d'or s'ouvrit avec
fracas ; il en fort un Géant affreux
qui, pour toute arme offenfive,
n'a dans fa main qu'un dragon
couvert d'écailles d'or, qui fe dé-
bat avec fureur. Il en porte d'a-

bord sur le casque de Brandimart
un coup terrible qui le renverse;
mais s'étant relevé légèrement,
celui-ci fait tomber la redoutable
Tranchère avec tant de force sur
l'épaule du Géant, qu'il le fend
jusqu'à la poitrine.

Le géant tombe; mais à peine
a-t-il touché la terre, qu'il devient un dragon semblable à celui
qu'il tient dans sa main, & le
dragon prend la taille & la forme
du géant : six fois de suite Brandimart le fait tomber sous ses
coups, & six fois le même événement lui fait juger qu'il ne
pourra le vaincre : Brandimart essaie enfin de commencer par se défaire du dragon avec lequel le géant
l'eût privé de la vie, sans la bonté

du cafque d'Agrican : Tranchère du premier coup, coupe le dragon en deux : le géant défarmé s'enfuit, Brandimart vole fur fes traces, & lui abbat la tête : un coup de tonnerre affreux fait trembler le château, un vent impétueux renverfe le Chevalier & fa compagne , l'orage dure une heure ; ils fe relèvent enfin : touché par les prières & par les larmes de Fleur-de-Lys , Brandimart veut regagner la porte du château, mais il ne trouve tout autour qu'un mur épais qui s'oppofe à leur fortie : ils prennent le parti de retourner vers le portique & de monter un grand efcalier, dans l'efpérance de parler à la dame qu'ils ont vue fur le balcon ; ils entrent dans un vaſte ſalon dont un tombeau de marbre noir occupe le milieu; Brandimart eſt ſoudain attaqué par un guerrier qui lui porte des coups terribles; celui-ci ne peut éviter ceux de Tranchère qui pénètre dans ſes armes, & lui fait des bleſſures profondes, mais dont Brandimart ne voit point couler le ſang; & ſon ennemi ne paroît après ces grands coups que plus fort & plus ardent à l'attaquer. La même dame qu'il a déjà vue ſur le balcon paroît à la porte, & lui crie qu'il ne pourra vaincre ſon ennemi, tant que celui-ci ſera dans le ſallon : » Ah ! perfide, s'écrie ce Chevalier furieux, que tu me prouves bien l'horreur que je t'inſpire. « A ces mots, il court

fur elle pour la percer ; mais
Brandimart s'oppofe à fon deffein,
le faifit, le ferre entre fes bras,
le porte fur l'efcalier, l'en précipite ; alors toutes les bleffures de
fon ennemi s'ouvrent, & fa vie
s'écoule avec fon fang.

Brandimart & Fleur-de-Lys
s'approchent de la Dame, &
croient avoir mis à fin cette périlleufe aventure. Mais la Dame apprend au Chevalier que le plus
difficile lui refte encore à faire :
Il faut, lui dit-elle, que vous ou-
vriez cette tombe pefante, & que
vous baifiez le premier objet qui
paroîtra fous vos yeux. Brandimart court au tombeau, lève la
pierre qui le ferme avec effort :
un dragon plus furieux encore
que

que le premier, lève fa tête af-
freufe, lance fa langue noire &
diftille fon venin.

Brandimart veut d'abord oppofer la pointe de Tranchère à fon
horrible tête, mais la Dame lui
crie que s'il bleffe le dragon, le
palais fur le champ s'écroulera fur
eux; il cède enfin à la néceffité;
& s'élançant fur le dragon, il faifit
avec fes gantelets fa tête difforme,
& lui donne un baifer qui le
glace.

Le monftre alors rentre dans
le tombeau; fes écailles pourpre
& or fe relèvent & s'écartent
de tous côtés; une jeune Nymphe de la plus rare beauté fe
préfente à fa vue, & la Dame
court embraffer Brandimart, en

I

lui criant qu'il vient de délivrer l'aimable Fée Fébofile. Ah ! ma chère Doriftelle, cria-t-elle à la Dame, que ne dois-je pas à ta tendre amitié ; & vous, brave Chevalier, qu'il m'eft cher de vous prouver ma reconnoiffance ! — Ah ! Madame, répondit galamment Brandimart, je vous fçais fi bon gré de n'être plus dragon, que je me trouve bien récompenfé du baifer que je viens de vous donner fous cette forme. Fébofile fourit, elle rougit même un peu ; fes yeux devinrent fi brillans, & la rendirent fi jolie, que fans la préfence de Fleur-de-Lys, peut-être eût il effayé de diffiper le froid que le baifer du dragon avoit imprimé fur fes lèvres, en les

rapprochant de celles de la jeune
& charmante Fée.

L'un & l'autre difputoient fi
vivement enfemble fur la reconnoiffance qu'ils fe devoient mutuellement, que la prudente Fleur-
de-Lys crut devoir interrompre
ce combat de générofité qui commençoit à devenir bien tendre ; &
fe chargeant d'une partie de ce
que Fébofile eût peut-être fait
pour fon amant, elle pria cette
aimable Fée d'enchanter feulement
fon cheval & fes armes. Fébofile
fe mit à rire, leur fit les honneurs
de fon palais, & les pria de paffer par le Royaume de Loufachan, & d'y remener Doriftelle,
fille de Dolifton Roi de ce beau
pays, qui depuis long-temps igno-

I ij

roit quelle étoit la deſtinée de
cette fille chérie.

Après avoir donné deux jours
à Fébofile, les deux amans ſe
mirent en chemin pour la capitale du Loufachan avec Doriſtelle,
& la prièrent de leur raconter ſes
aventures, & par quel haſard ils
l'avoient vue ſoumiſe, ainſi que la
Fée, au terrible enchantement que
Brandimart venoit de détruire.

Doliſton mon père, leur dit-
elle, eut deux filles dont je ſuis la
cadette; ma ſœur aînée, à peine
âgée de cinq ans, faifoit les délices de ma mère & de toute ſa
Cour; les jeux de ſon enfance
annonçoient de l'eſprit, & tous
ſes premiers mouvemens prou-
voient qu'elle avoit une âme ſen-

ſible : moins âgée qu'elle d'un an,
on diſoit ſouvent pour me flatter,
que, quoique moins belle que ma
ſœur, j'aurois un jour tout ce qu'il
faut pour plaire : mon père n'ayant
point de fils, deſtina dès-lors ma
ſœur au jeune Rentig, fils du Roi
de Nayada ſon voiſin & ſon ami ;
mais un événement bien cruel
rompit ces premières meſures ; le
plus hardi des brigands, nommé
Furgiforque, faiſoit trembler l'In-
doſtan par les vols audacieux qu'il
commettoit à la tête d'une troupe
de Tartares montés ſur des chevaux
aſſez vigoureux & légers pour faire
impunément un coup de main,
& fuir à cinquante lieues dans les
vingt-quatre heures : les ordres
les plus précis avoient été donnés

I iij

vainement pour le prendre ou
pour le détruire, mais aucun Souverain n'imaginoit qu'il eût l'audace d'approcher de fa Capitale:
le Roi mon pere avoit été l'un
des plus ardens à le faire pourfuivre, & Furgiforque avoit juré
de s'en venger.

Ma mère ne pouvoit fe paffer
de nous avoir fans ceffe auprès
d'elle, & fe plaifoit à nous parer
tour-à-tour, ou des plus riches
pierreries, ou des fleurs les plus
brillantes que l'Orient produife:
un jour que ma mère nous avoit
mené promener dans une belle
prairie voifine de Loufachan,
c'étoit le tour de ma fœur d'être
parée des plus riches productions
du royaume de Golconde & du

Decan, & moi, vêtue d'une simple
robe blanche , j'avois été conduite au milieu de cette prairie pour y cueillir les fleurs qui
me plairoient le plus : ma sœur
& moi , nous nous écartâmes
assez loin , occupées de varier &
d'assortir les fleurs que nous avions
rassemblées : tout-à-coup six cavaliers , dont cinq avoient le cimeterre à la main , sortent d'un bois
voisin , accourent & nous entourent : le sixième saute à terre , &
me voyant si simplement vêtue, il
dédaigne cette proie, se saisit de
ma sœur , l'enleve , & nos cris &
ceux de ma mère ne peuvent faire
accourir assez tôt nos gardes pour
empêcher les six brigands d'entrer
dans le bois & de se dérober par

une prompte fuite : vainement Dolifton mon pere fit-il pourfuivre
ces raviffeurs , plus vainement encore offrit-il les plus grandes récompenfes à celui qui lui rendroit
ma fœur : depuis ce temps , hélas !
nous n'en avons plus entendu parler.

Fleur-de-Lys fut vivement émue
& devint encore bien plus atten-
tive en écoutant le récit de Doriftelle qui pourfuivit ainfi : » L'enlevement d'Amathirfe ma fœur nous
plongea tous dans la douleur la
plus amere ; & la Couronne dont
je devois heriter un jour , & que
mes Gouvernantes faifoient briller
à mes yeux, ne me confola point
d'une perte auffi cruelle : helas !
je femblois déja prévoir que l'affu-

rance de cette Couronne feroit un jour mon malheur.

» Le Roi de Nayada fachant que j'étois devenue fille unique, par l'enlévement d'Amathirfe n'en fut que plus vif à preffer mon père de remplir les efpérances qu'il en avoit reçues. Dolifton renoua le même traité par lequel ma main fut promife au jeune Rentig que le Roi fon père envoya quelques années après pour être élevé dans la Cour de Loufachan avec moi : quoique bien jeune encore, loin de m'enorgueillir d'être appellée déjà la petite Reine par celles qui m'entouroient, je ne fus occupée que de l'antipathie que je me fentis pour celui qui m'étoit deftiné : Rentig portoit

I v

dans les yeux un feu fombre qui m'éloignoit : fon air auprès de moi, quoiqu'il eût celui de l'empreffe- ment, confervoit toujours quel- que chofe d'impérieux & de fa- rouche. Loin de s'amufer des mê- mes jeux que moi, il étoit cruel dans les fiens : il battoit mon chien fi je le caroiffois, difant que j'ai- mois plus que lui ce pauvre petit épagneul : un jour même qu'il me voyoit careffer un ferin & le faire manger fur mes lèvres, il eut la férocité de faire femblant de me ferrer la main, & je m'évanouis de douleur en fentant qu'il m'a- voit fait etouffer ce charmant petit oifeau. Son humeur dure & féro- ce, loin d'être adoucie par l'amour & par l'exemple d'une Cour éga-

lement spirituelle & polie, me
rendoit Rentig plus haïssable de
jour en jour, lorsque l'aimable
Cilinx, fils du Roi de Mugal,
passa dans la Cour de mon père au
retour de ses voyages dans la grande Séricane, & des études qu'il
avoit été faire dans l'école des
Sages de Bénarès : Dieux ! quelle
différence entre ce jeune Prince &
Rentig, & qu'il réussit facilement
à me faire connoître que mon
cœur qui n'avoit encore senti que
l'horreur d'unir mon sort à celui
de Rentig, étoit fait pour être
ému par une passion plus douce :
Cilinx eut l'air aussi d'être sensible
pour la première fois ; ses yeux
me parlèrent, & j'avois trop de
plaisir à les entendre, pour qu'il

pût douter de la réponse que les miens lui faisoient malgré moi : cette passion naissante fit des progrès trop rapides, pour que le jaloux Rentig, quoiqu'à peine j'eusse parlé deux fois à Cilinx, ne s'apperçût pas que je lui donnois la préférence : il n'en devint que plus ardent à presser la célébration de notre mariage depuis long-tems arrêté ; & ne pouvant resister à la volonté de mon père, je devins l'épouse de Rentig, aux yeux même de Cilinx qui trouva le moment de me dire qu'il ne vouloit pas survivre à ma perte, & qu'il alloit chercher l'occasion de terminer sa vie avec gloire : je fus frappée de ce seul mot comme d'un coup de foudre ; il acheva de me faire fentir toute l'amertume de mon fort, & je ne regardai plus Rentig qu'avec horreur. Forcée d'être fans ceffe avec cet époux odieux en public, j'en étois obfédée : il fuivoit, il interprétoit tous mes regards : j'attendois la nuit avec impatience ; les foirs même, loin de me livrer à la fociété, loin de prendre part à des jeux & des amufemens où l'aimable Cilinx étoit admis, l'air fombre, les propos, les plaifanteries amères, la feule préfence de Rentig me faifoit hâter le moment de me retirer, & fouvent je voyois Cilinx foupirer & me regarder les yeux pleins de larmes, lorfqu'il me voyoit preffer Rentig de retourner avec moi dans l'intérieur de notre appartement.

J'avois près de moi plusieurs jeunes demoiselles de qualité, dont la plus aimable, nommée Filatée, étant de mon âge, avoit été élevée avec moi ; elle joignoit l'esprit à la beauté : plus heureuse que son amie, son père approuva l'amour mutuel qui l'unissoit avec Oristal : je fus témoin de ses noces ; la tendre amitié que j'avois pour elle me rendit sensible à son bonheur : je vis avec plaisir le lendemain de son mariage, que la joie la plus vive brilloit dans ses yeux ; elle me parut mille fois plus enjouée, plus aimable & plus jolie, & je la vis plus vive, plus empressée que jamais à me plaire; souvent elle avoit fait tous ses efforts pour m'arrêter le soir aux

jeux dont elle s'amufoit avant fon
mariage, mais alors je la voyois
encore plus empreffée que moi-
même à les quitter, & je lui favois bon gré de cette complaifance ; je lui favois gré de même
de l'amitié qu'elle paroiffoit avoir
pour Cilinx dont Oriftal étoit l'intime ami : nous nous attachâmes
plus tendrement que jamais l'une
à l'autre : la confiance devient
encore plus vive & plus entière
entre deux jeunes perfonnes unies
dès l'enfance, lorfque l'hymen leur
infpire plus de chofes à fe dire &
plus de liberté. Filatée me peignit le bonheur dont elle jouiffoit
avec Oriftal, avec des traits de
flamme ; je me fentois émue, je
penfois à Cilinx en l'écoutant,

& je ne pouvois lui cacher la répugnance invincible que j'avois
pour Rentig : » Mais, ma chère
Princeffe, me dit un jour Filatée
après une converfation de cette
efpèce, comment eft-il donc poffible que vous marquiez tous les
foirs tant d'empreffement à vous
retirer avec lui ? J'en étois déjà
furprife avant mon mariage, & je
le fuis bien plus encore aujour-
d'hui. — Mais, lui répondis-je,
vous n'êtes plus en droit de me le
reprocher : quoique je vous voie
fouvent les foirs rire & badiner
avec Oriftal, vous prenez bientôt
quelque prétexte pour me faire
fouvenir que j'aime à me coucher
de bonne heure : — Ah, chère
Doriftelle ! dit Filatée en rougif-

fant & penchant la tête fur mon fein, j'adore Oriftal, & quelque plaifir que j'aie à paffer une longue foirée avec vous, je vous avoue que l'amour m'entraîne à paffer une longue nuit dans fes bras. Quel eft donc l'efpèce de fentiment qui vous porte à faire mourir de douleur & de regrets ce pauvre Cilinx? quel charme pouvez-vous trouver à paffer la nuit avec un époux qui vous eft odieux? — Eh vraiment, lui répliquai-je, ce n'eft que pour être plus contrainte par fa préfence, que vous me voyez fouvent terminer fi promptement nos foirées; les regards de Cilinx font palpiter mon cœur, ceux de Rentig me paroiffent affreux, il me femble qu'ils lifent

ce qui se passe dans mon ame.
Embarrassée de cet état pénible,
je me hâte d'y mettre fin, de
jouir de la solitude, de me séparer de mon tyran, & de livrer
mon ame toute entière aux sentimens que Cilinx m'inspire. « Filatée fut extrêmement surprise, &
me serrant dans ses bras, elle me
fit mille questions qui me parurent bien étranges, & mes répon-
ses redoublèrent son étonnement;
elle apprit enfin que tous les soirs
Rentig au moment que mes femmes se retiroient, passoit dans son
appartement, & ne reparoissoit
dans le mien que lorsqu'il savoit
qu'elles s'étoient rassemblées pour
l'heure de ma toilette.

» La surprise de Filatée, conti-

nua Doriftelle, excita la mienne : je
fis mille queftions à mon tour :
jamais nous n'avions eu enfemble
de converfation fi longue, fi vive,
fi furprenante pour toutes les deux
que le fut celle-là; j'en fortis plus
inftruite & plus malheureufe encore, & Filatée en conçut le defir & l'efpérance de rompre des
nœuds mal affortis, que l'hymen
& la nature peuvent & doivent
brifer également.

On croira fans peine que Rentig me devint encore plus odieux,
que je me regardai comme une
victime immolée à fon ambition,
& que mon imagination & mon
cœur me peignirent Cilinx mille
fois encore plus charmant : je me
fentis même plus de courage pour

répondre fouvent à Rentig avec
hauteur, & je pris moins de pré-
cautions à lui cacher le dédain
que j'avois pour lui.

» Rentig s'en apperçut, & déjà
la jaloufie l'avoit éclairé fur l'a-
mour que Cilinx avoit pour moi :
ne doutant point que je n'y fuffe
fenfible, & me voyant adorée par
mes proches & par toute leur
cour, il fentit bien qu'il ne pouvoit exercer l'empire tyrannique
qu'il vouloit prendre fur moi, tant
que je refterois à Loufachan. Mon
père, en me mariant, avoit exigé
que je reftaffe deux ans auprès de
lui ; mais fix mois n'étoient pas
encore expirés, lorfque Rentig
feignit d'avoir reçu des lettres du
Roi de Nayada fon père qui lui

mandoit qu'accablé par une maladie de langueur, il défiroit de voir
fa nouvelle fille avant de fermer
les yeux ; Dolifton ne voulut pas
refufer cette confolation à fon ancien ami : malgré mes regrets de
quitter des proches que j'adorois,
& peut-être auffi de m'éloigner de
Cilinx, je fus obligée de partir,
& de fuivre Rentig à Kunitki.

» Filatée me donna la preuve
la plus forte de fon attachement
en ne voulant pas me quitter, quoiqu'Oriftal, retenu par fon fervice,
ne pût la fuivre : il eft vrai que le
Royaume de Loufachan & celui
de Kunitki étoient limitrophes, &
que Rentig avoit affuré Dolifton
que fon voyage ne feroit que d'une
courte durée.

» Je crus trouver un second père
dans celui de Rentig ; mais je fus
très-étonnée en le voyant, de n'ap-
percevoir aucune trace de la maladie dont son fils nous avoit parlé : la fraîcheur & la santé brilloient
sur la belle & noble figure de ce
Prince encore dans toute sa force,
& l'amitié, la grace, la galanterie
même avec laquelle il me reçut,
pénétrèrent mon ame de la plus
tendre reconnoiffance. Rentig ne
m'en parut que plus odieux : se
trouvant plus en liberté dans la cour
de son père, son humeur sombre &
féroce ne fut plus retenue, & dès-
lors il m'en eût donné des marques,
s'il n'eût craint que je ne fiffe connoître l'étrange secret que je n'avois
confié qu'à ma chère Filatée.

Le Roi de Kunitki s'apperçut
facilement du froid extrême qui
règnoit entre son fils & moi, &
que ce n'étoit même qu'en nous
contraignant l'un & l'autre que
nous pouvions cacher la répugnance invincible qui nous éloignoit.

» Ce bon Prince croyoit ne pouvoir trop me dédommager des pro-
cédés de son fils : intime ami de
Dolifton, il me regardoit doublement comme sa fille ; occupé sans
cesse à me plaire, il me donnoit
tous les jours quelque fête nouvelle ; & croyant me faire oublier par mille soins attentifs, le
peu de galanterie de son fils, il
avoit sçu m'attacher à lui par l'a-
mitié la plus tendre : le croiriez-

vous, Seigneur, pourſuivit Doriſtelle, le féroce Rentig eut la folie & l'indignité de devenir jaloux
de ſon propre père ; ſous le prétexte d'aller viſiter & de me faire
recevoir dans ſon appanage, il me
fit quitter aſſez bruſquement la
cour de Kunitki, & m'amena dans
un château dont l'aſpect étoit effrayant par les rochers eſcarpés
ſur leſquels il étoit bâti, & par la
hauteur des remparts & des tours
qui lui ſervoient de défenſe. Ce
fut là que le barbare Rentig ſe fit
un plaiſir affreux de me rendre
malheureuſe, de me priver de
toute ſociété & de ſe venger ſur
moi par ſes injuſtices de celles qu'il
ſentoit avec fureur qu'il avoit reçues de la nature.

Le

Le Roi son père fut outré de sa conduite ; mais le connoissant assez violent & mal né pour se porter à la révolte, & même aux plus grands crimes, il crut ne pas devoir interposer son autorité, de peur de pousser à bout ce caractère féroce ; il eut même l'air de l'excuser, pour étouffer les murmures qui s'élevoient dans sa cour. Ma seule consolation, dans cette affreuse prison, qui devint impénétrable pour tous ceux qui n'étoient pas aveuglément soumis à Rentig, ce fut l'aimable Filatée ; mais quelque tendresse qu'elle eût pour moi, quelque soin qu'elle eût de me cacher ses peines secrettes, nous nous surprenions souvent l'une & l'autre à verser

K

des larmes ; nous ne craignions
point de nous avouer qu'Oriftal &
Cilinx en étoient l'objet, & je
convenois intérieurement que bien
des fouvenirs pouvoient rendre les
foupirs de Filatée encore plus douloureux que les miens : un des
domeftiques de mon amie, que
Rentig avoit banni de fon château, revint à Loufachan, & rendit compte à fon maître Oriftal de
l'attentat de ce Prince, & de la
prifon où fa jaloufie nous avoit
renfermées.

» Oriftal ne voulut point porter
le poignard dans le cœur de mon
père en l'informant de ce qu'il
venoit d'apprendre ; mais il en obtint un congé d'un mois fous quelque prétexte, & réfolut de l'em-

ployer à connoître par lui-même
quel étoit notre état préfent, & à
revoir fon époufe ; il partit donc
tout feul une nuit pour fe rendre au
château de Rentig, & fe munit d'or
& de pierreries dans l'efpérance de
corrompre quelques gardes qui
l'introduiroient dans fon intérieur.

Il avoit déjà paffé la première
ville frontière du Kunitki, lorfqu'il
arriva fur le bord d'un étang, où
fon cœur fut ému de pitié, par
l'afpect d'une bonne petite vieille
qui faifoit tous fes efforts pour retirer quelque chofe de l'eau, &
qui penfa s'y laiffer précipiter,
en fa préfence : » Eh, grands
Dieux ! que voulez-vous faire ma
bonne amie, dit Oriftal ; ne voyez-
vous pas que vous avez penfé pé-

rir. — Ah, Monsieur, j'aime au-
tanr perdre la vie, lui dit-elle,
que d'être privée de ma dernière
reſſource & du paquet que je viens
de laiſſer tomber dans cet étang.
— Arrêtez, lui dit-il, ma bonne,
mes efforts ſeront peut-être plus
heureux. « A ces mots, ſautant à
terre de ſon cheval, il entra fort
avant dans l'eau, & cherchant
avec quelque péril le paquet de
la vieille, il le retrouva, & vint
bien mouillé le lui remettre entre
les mains. » Hélas, lui dit-elle,
mon bon Seigneur, je ne ſuis
qu'une pauvre femme, vous avez
fait le bien ſans eſpoir de récom-
penſe ; mais ſouvenez vous qu'un
bienfait n'eſt jamais perdu. « A ces
mots, la bonne petite vieille prit

son paquet sous son bras, & reprit un chemin qui l'éloignoit d'O-
ristal : ce Chevalier faisoit alors
de son mieux pour faire écouler
l'eau dont ses habits étoient pénétrés : il fut bien étonné, lorsque tout-
à-coup il s'apperçut qu'ils se desse-
choient d'eux-mêmes : » Ah, dit-il en
lui-même, la petite vieille m'a bien
dit qu'un bienfait n'est jamais perdu ; c'est sans doute à ses prières
que je dois ce qui m'arrive. « A
ces mots, il remonta sur son cheval , & poursuivit sa route.

En arrivant à la forteresse de
Rentig, il trouva les ponts-levis
levés & fut étonné de la hauteur
des tours & des remparts au point
de perdre toute espérance de pénétrer dans ce château. Comme il

K iij

s'arrêta quelque tems à les confidérer, une voix rauque qui partoit d'une petite fenêtre grillée,
lui cria : » Retire-toi, fi tu veux
éviter la mort. « Peu de momens
après le fifflement de quelques
flèches dont l'une glilla fur fon
cafque , l'avertit du péril qu'il
couroit, & lui fit prendre le parti
de fe retirer.

Oriftal retournoit déjà fur fes
pas, lorfqu'il fut abordé par une
Dame fuperbement vêtue & d'une
rare beauté : » Chevalier , lui dit-
elle, fortez de la triftefle où je
vous vois plongé : doit-on défef-
pérer de fa bonne fortune , lorfqu'on eft obligeant, & qu'on a
mérité d'avoir de vrais amis. —
Ah ! Madame , lui répondit-il ,

rien ne peut foulager ma douleur
mortelle, & je n'ofe plus rien
efpérer ; mais oferois-je vous demander par quel hafard je fuis
affez heureux pour que vous daigniez vous intéreffer à ma deftinée ? « La belle dame fe mit à rire
en lui difant : » Je crois bien que
vous avez peine à reconnoître fous
ces habits & fous mes traits la petite vieille dont vous avez retiré
le paquet de l'étang : apprenez
cependant, Oriftal, que cette vieille
& la Fée Fébofile font la même
perfonne, & qu'après avoir été fe-
courue par vous fous la première
forme, j'ai repris la véritable pour
vous rendre ce que vous avez fait
pour moi. — Madame, lui dit-il,
en fe jettant à fes genoux, je vois

K iv

que rien ne peut vous être inconnu, & j'espère tout de votre puiſſance. — Prenez cette petite coquille, lui dit-elle; en la tenant
dans votre main gauche, vous
ferez inviſible, & en la mettant
dans votre bouche, vous me ver-
rez tout-à-coup paroître à vos
yeux: rendez-vous inviſible, &
dès ce moment je vais vous introduire près de Doriſtelle & de votre épouſe. « Jugez quel fut notre
étonnement à toutes les deux,
lorſque Filatée ſe ſentit baiſée bien
tendrement, & que l'inſtant d'a-
près je me ſentis ſerrer les genoux; nous pouſſâmes des cris
perçans; mais ils furent bientôt
appaiſés en voyant Oriſtal à mes
pieds: » Charmante Princeſſe, me

dit-il, je viens rompre vos indignes fers, & vous tirer avec celle que j'adore, de la puiſſance d'un barbare indigne à tous égards d'être honoré du nom de votre époux. « En finiſſant ces mots, il mit la petite coquille dans ſa bouche, & la Fée Fébofille parut : » Mes chères enfans, nous dit-elle, en nous embraſſant, il eſt temps de vous tirer de cet affreux ſéjour; venez eſſuyer vos larmes dans un palais plus digne de vous. « A ces mots, elle nous tranſporta dans le beau lieu que nous venons de quitter, & où cette charmante Fée nous a procuré tous les plaiſirs les plus nouveaux & les plus variés.

» Rien ne manquoit au bonheur de Filatée; mais peut-on être long-

K v

tems heureufe, éloignée de ce qu'on aime? Malgré les charmes que je trouvois dans la fociété de Fébofile, elle me furprit plus d'une fois foupirant & les yeux humides de larmes : » L'aimable Cilinx, me dit-elle, n'eft pas plus heureux que vous, & depuis votre départ de Loufachan, il paffe fa vie dans les pleurs : je vous confeille de retourner dans le palais du Roi votre père; il ne peut refufer de rompre des nœuds que la nature défavoue, & de réparer les maux qu'il vous a fait fouffrir. — Ah, Madame, lui dis-je, que ce confeil me paroît dangereux ! Quelque tendreffe que Dolifton ait pour moi, les Rois fe gouvernent-ils comme les autres hom-

mes ? & n'ai-je donc pas à craindre qu'il ne me facrifie encore à
fon amitié pour le père de Rentig, & qu'il ne craigne de désho-
norer fon barbare fils aux yeux
de l'univers? « Fébofile fe rendit
à mes raifons, & nous convînmes
que je refterois dans fon palais,
que Filatée retourneroit à Loufachan, & qu'Oriftal iroit avertir
Cilinx de la fuite de mes aventures
& de ma pofition préfente. L'un
& l'autre partirent; nous reftâmes
feuls la Fée & moi; notre amitié
devint plus vive chaque jour, je
ne la quittois jamais; je ne pouvois m'ennuyer auprès d'elle, car
cette aimable Fée me parloit fans
ceffe de mon amant.

» Hélas ! tandis qu'Oriftal &
K vj

Filatée étoient occupés à s'acquit-
ter de leur commiſſion, un coup
affreux étoit prêt à tomber ſur
nos têtes : la ſurpriſe & la rage
de Rentig furent extrêmes, en ne
nous retrouvant plus dans la tour.
Il eût mieux aimé perdre la vie,
que de voir ſon mariage rompu,
ſon ſecret divulgué, & de laiſſer
en liberté celle qui portoit encore
le nom de ſon épouſe.

Les mœurs féroces de Rentig,
avoient mérité que le noir Enchanteur Margaſer devînt ſon ami ; ce
Magicien deſcendu de Zoroaſtre,
en avoit conſervé les livres & le
pouvoir : tous les génies malfaiſans,
Arimane même, étoient ſoumis à
ſes ordres, & ſes conjurations
étoient aſſez fortes pour vaincre

les périls & détruire la puissance
des Fées : ce fut à lui que Margafer eut recours. L'un & l'autre
parurent tout-à-coup au milieu du
palais de Fébofile : je fis des cris
perçans en appercevant Rensig ,
& je m'enfuis en le voyant prêt à
me faisir : » Laissez-la parcourir ce
palais, lui dit Margafer , & foyez
sûr que nul pouvoir ne peut l'en
faire fortir. « Après avoir en effet
erré vainement dans tout le château dont je trouvai toutes les
issues fermées par des murs impénétrables, je me fentis attirée dans
le grand fallon du palais où je
trouvai Fébofile tremblante, immobile & couverte de larmes :
» Puisque par ton état de Fée, lui
dit Margafer d'une voix terrible ,

je ne peux pas te priver de la
vie, la tienne du moins va devenir si malheureuse, qu'à chaque
moment tu regretteras de ne pouvoir mourir. « En disant ces mots,
il la toucha de sa baguette, &
son beau visage & sa figure charmante devinrent celle d'un affreux
dragon: d'un autre coup de baguette, il fit élever le tombeau
que vous avez vu; Fébosile fut
forcée d'y descendre : » C'est ici,
lui dit-il, que tu verras écouler
les siècles futurs, s'il ne se trouve
un Chevalier assez hardi pour te
donner un baiser sous cette forme:
Prince de Nayada, dit-il encore,
je vous commets à la garde de ce
tombeau; vous ne pouvez jamais
être vaincu, ni vieillir, tant que

vous ferez à portée de le voir, &
Doriftelle errante fans ceffe autour de vous & dans ce château,
fera captivée à jamais fous vos
yeux. « Alors, réuniffant tout ce
que fon art avoit de plus fort, il
forma l'enchantement du géant &
du dragon qui lui parut tellement
impoffible à détruire , qu'il crut
pouvoir attacher fa vie à fa durée.

» Telles font mes aventures,
brave Chevalier , & tel étoit l'enchantement qui n'a pu réfifter à
votre valeur : ne doutez pas que
Doliston ne foit pénétré de reconnoiffance de ce que vous venez de
faire pour moi, & que dans le
fond de fon âme il ne foit fort
aife d'être défait du féroce Rentig

que sa belle ame, sans doute, n'a jamais estimé. «

Les belles voyageuses & Brandimart traversoient un bois épais, & Doristelle finissoit son histoire, lorsque tout-à-coup ils furent attaqués par une vingtaine de brigands qui sortirent d'entre les arbres, en leur criant de se rendre. Brandimart s'étant mis promptement en défense, renversa les plus hardis du choc de Bartholde ; il en massacra plusieurs autres avec Tranchère, & les eût bientôt défaits, si le plus hardi de cette troupe n'eût sauté légèrement en croupe derrière lui, en faisant beaucoup d'efforts pour lui saisir les bras. Brandimart eut peine à se dégager, & le reste des brigands

ayant pris la fuite, celui qui le tenoit toujours s'attacha si fortement
autour de ses reins, qu'il fut obligé de se laisser tomber à terre
avec lui ; cet homme alors embrassa ses genoux, & lui demanda
la vie : » Je te l'accorde, lui dit
Brandimart, pourvu que tu me
dises ton nom, & que tu m'avoues
tes crimes. — Je n'en ai qu'un seul
à me reprocher, lui dit-il ; je suis
Arabe, & selon les loix de mon
pays, le vol à main armé n'est
point un déshonneur, & j'ai livré
vingt combats en ma vie qui m'ont
couvert de gloire, contre des
voyageurs tels que vous ; mais je
me reproche sans cesse le vol que
j'ai fait au Roi Dolifton, &
comme je peux seul le réparer,

je vous conjure de me conduire &
de m'amener à ce Prince. «

Brandimart, dont l'intention
étoit de conduire Doristelle à Lousachan, s'assura du brigand, &
l'ayant désarmé, il le fit marcher
à sa suite. Sur la fin du même jour,
ils furent très-étonnés en arrivant
au sommet d'une colline d'où l'on
appercevoit de loin la Ville de
Lousachan, de voir qu'elle étoit
entourée d'une grande armée qui
l'assiégeoit. Doristelle affligée de
voir le Roi son père investi dans
sa capitale, conjura Brandimart de
le secourir, & lui fit prendre un
détour pour le conduire vers l'entrée d'un souterrain qu'elle con-
noissoit, & qui pénétroit jusques
dans l'intérieur de la Ville; mais

à peine furent-ils fortis d'un petit
bois qu'il falloit traverfer, qu'ils
rencontrèrent un grand Chevalier
couvert d'armes très-brillantes, &
dont le cafque étincelant étoit fur-
monté d'un très-haut panache :
Brandimart qui marchoit le premier, le falua ; mais à peine cet
orgueilleux Chevalier daigna-t-il le
regarder. En tout autre tems, l'a-
mi de Roland l'eût fait repentir
de fon incivilité ; mais occupé de
fon deffein, il continuoit fa route, lorfqu'il vit ce même Chevalier arrêter les deux dames & les
regarder avec attention : » Vraiment, dit-il à Brandimart, elles
font fort jolies, & je les trouve
fort à propos : je vais choifir celle
des deux qui me plaira le plus. —

Insolent, lui répondit Brandimart,
tu ne peux être qu'un valet qui
s'est couvert des armes de son
Maître ; retire-toi, tu ne me pa-
rois pas digne que je te punisse
de ta folie. « L'orgueilleux Chevalier, à ces mots, met l'épée à la
main ; mais Brandimart lui faisit le
bras, le désarme, & d'un coup de
poitrail de Bartholde il le fait rouler sur l'herbe avec son cheval :
quelques escadrons qui voient de
loin quel est le traitement que ce
Chevalier éprouve, accourent à
son secours : un de ces escadrons
entoure Doristelle & Fleur-de-Lys;
l'autre veut s'emparer de Brandimart qui fait voler les têtes & les
bras autour de lui. Bientôt il apperçoit une troupe brillante plus

loin; il préfume que c'eft le chef
de l'armée : il s'avance librement
vers lui, lui raconte fon aventure,
& lui demande juftice de la violence que fes gens viennent de
commettre, & de l'enlèvement des
dames qu'il conduit fous fa garde :
ce Commandant le reçoit avec politeffe, lui promet de punir ceux
qui l'ont attaqué, & le prie de
venir avec lui pour lui voir délivrer lui-même les deux dames, &
les remettre fous fa garde. En
difant ces mots, ce chef ôte fon
cafque, & marche à l'efcadron
dont les dames font entourées, &
qui s'ouvre à fes ordres. Quelle
eft la furprife de Brandimart, lorfqu'il entend ce chef jetter un grand
cri, tendre les bras à Doriftelle qui

fe panche fur l'encolure de fon palefroi, & qui feroit tombée, fi Fleur-de-Lys ne l'eût foutenue : cependant elle relève fa tête : » Ah, Cilinx, c'eft donc vous que je revois, s'écrie-t-elle ; mais eft-il poffible que je vous trouve les armes à la main contre mon père. — Non, répondit Cilinx, je n'en veux qu'à Rentig, & je donnerois ma vie pour Dolifton. « Brandimart, Fleur-de-Lys, font vivement émus de cette reconnoiffance ; Doriftelle apprend en peu de mots à Cilinx qu'elle doit fa délivrance à Brandimart ; ce Prince court à lui, lui préfente fon épée : » Ah, Seigneur, dit-il, je vous dois plus que la vie, & je vous remets le commandement de cette armée. «

Quelques explications fuffirent pour apprendre à Doriftelle que Varamis, Roi de Mugal, ayant voulu foutenir les intérêts de fon frère Cilinx, avoit raffemblé cette armée pour aller attaquer Rentig dans fa forterelle, & la délivrer; mais qu'étant forcé de traverfer Loufachan, pour aller dans le Royaume de Kunitki, Dolifton avoit refufé le paffage à fes troupes, ayant voulu défendre fon gendre, & qu'il avoit été forcé d'affiéger la capitale : Cilinx apprit auffi la jufte punition de Rentig; des cris d'acclamation s'élevèrent autour de Cilinx & de Doriftelle, & volant de bouche en bouche, ils parvinrent jufqu'au fidèle Oriftal qu'ils virent bientôt

accourir. Après les premiers momens qu'ils donnèrent au bonheur
d'être réunis, Oriftal précédé de
deux héraults, courut aux bar-
rières de Loufachan qui lui furent
ouvertes ; & Dolifton ayant appris
par lui ce grand événement, vint
lui-même au-devant de Cilinx, &
reçut Doriftelle dans fes bras ; il
les conduifit tous dans fon palais
où peu de momens après on vint
annoncer à ce Prince un Chevalier de Kunitki qui demandoit à
lui remettre une lettre dont fon
Souverain l'avoit chargé pour lui.
Le Roi de Kunitki rendoit compte
à fon ami, de la punition de Margafer & de celle de Rentig ; il le
prioit de lui pardonner la foibleffe
qu'il avoit portée trop loin pour
fon

fon indigne fils : il envoyoit de riches préfens pour Doriftelle dont il élevoit jufqu'au ciel les vertus & les charmes ; il prioit fon ami de la rendre heureufe en l'uniffant à Cilinx, & lui demandoit des nouvelles de ces parfaits amans.

Dolifton fit part à toute fa cour de la lettre du Roi de Kunitki ; ce Prince déclara publiquement que Doriftelle n'avoit jamais été que la victime des fureurs de Rentig, & qu'elle ne pouvoit être regardée comme étant fa veuve ; fon mariage ayant été diffous par la nature, & déclaré nul par les loix : les noces de Cilinx & de Doriftelle furent célébrées après cette déclaration ; les acclamations & la joie publique qui font les

L

vraies fêtes des bons Rois, hono-
rèrent celle des noces de ces
heureux amans.

Brandimard & Fleur-de-Lys,
jouirent bien du bonheur de voir
leurs amis heureux ; Cilinx fut
conduit à l'autel entre Dolifton &
Brandimart; Doriftelle le fut par
fa mère & par l'aimable Fleur-de-
Lys.

L'inftant d'après celui qui les
unit à jamais, & lorfque le Roi
& la Reine de Loufachan recevoient les nouveaux époux dans
leurs bras, on entendit un cri,
& l'on vit un vieillard percer la
foule, fe jetter aux pieds de
Dolifton, & les baigner de fes
larmes: Permettez, Seigneur, lui
dit-il, que dans ce jour d'allé-

greffe publique, j'implore votre clémence, & que je vous demande votre protection auprès du Roi Monodant votre beau-père. Doliston fit relever le vieillard que la Reine reconnut alors pour un ancien Chevalier du Royaume d'Eleut, nommé Dimar, qui mécontent de fon Roi, s'étoit révolté contre lui, s'étoit joint aux Arabes du défert, les avoit conduits lui-même au château dans lequel on élevoit le jeune Prince Bramador, l'avoit enlevé des bras de fes gouvernantes, & l'avoit amené dans le défert après avoir pillé toutes les richeffes raffemblées dans ce château. La Reine arrêta le Roi, fon époux, au moment qu'il alloit accorder la demande de Di-

mar : » Barbare, dit-elle à celui-
ci, qu'as-tu fait de mon frère, &
comment oses-tu recourir à la
clémence du Roi mon père, après
l'avoir privé de tout ce qu'il avoit
de plus cher. — Ah, Madame, lui
répondit Dimar, croyez que j'ai fait
du moins tout ce que j'ai pu pour
réparer ce crime ; votre frère eſt
en vie ; je le ſauvai des mains des
Arabes, je le portai chez le Comte
de la Roche-Sauvage, & cet ancien & brave Chevalier qui n'avoit
point d'enfans, fut frappé de ſa
beauté ; il le fut auſſi de trouver,
en le faiſant déshabiller en ſa préſence, un riche collier dont l'attache s'étoit caſſée au moment de
ſon enlévement ; ce collier avoit
gliſſé dans ſes habits & les voleurs

Arabes ne s'en étoient point apperçu : j'ai fçu depuis que le Comte
de la Roche-Sauvage ayant élevé
ce jeune Prince fous le nom de
Brandimart , regrette tous les
jours fa perte, fachant qu'il eft
devenu l'un des plus célèbres Chevaliers de l'univers. Au nom de
Brandimart, Dolifton & toute fa
famille jettent un grand cri ; la
Reine prend la main de Brandimart, elle étend fon autre bras,
prête à l'embraffer, en s'écriant :
» Ah ! tout me dit que vous êtes
mon frère ! — Oui, s'écria Brandimart, mon cœur & ce collier
me le prouvent également. « A
ces mots, il tire ce collier, & la
Reine le reconnoît pour être femblable à celui qu'elle a confervé ;

le Roi d'Eleut en ayant fait faire trois semblables pour les trois enfans qu'il avoit alors: cette reconnoissance pénétra toute cette heureuse famille de la joie la plus vive : Fleur-de-Lys seule eut peine à voir sans une secrette douleur, que son amant étoit reconnu pour un grand Prince : » Hélas, dit-elle, comment pourra-t-il me tenir tous les sermens qu'il m'a faits, & Monodant voudra-t-il recevoir une fille inconnue pour être l'épouse de son fils aîné. « Brandimart s'apperçut du trouble qui l'agitoit : » Ah, chère Fleur-de-Lys, adorable compagne de mon enfance, c'est aux pieds des autels, c'est en présence de toute cette augufte Cour, que je renoncerois plutôt à tous les biens, à tous les honneurs qui me sont rendus, qu'à l'amour fidelle qui m'unit à toi. «

La Reine de Loufachan étoit trop noble & trop sensible, pour ne pas approuver les sentimens de son frère, & courant embrasser Fleur-de-Lys : » Ah, lui dit-elle, que ne devons-nous pas à celle qui m'a rendu ma chère Doristelle ! Je perdrois trop à ne vous pas avoir pour ma sœur. « Lorsque les premiers transports qui les agitoient furent un peu calmés, ils sortirent du temple, & retournèrent au palais : cette grande nouvelle se répandit dans toute la Ville de Loufachan, & parvint jusqu'au brigand qui demanda sur le champ qu'on le conduisît aux pieds de

Dolifton, & qui dans fon premier transport ne put s'empêcher de s'écrier : » Le Roi Monodant ne fera pas le feul père heureux. « Les Gardes à ce feul mot, n'héfitent pas à mener le brigand au palais, ils lui laiffent la liberté de fe précipiter la face contre terre aux pieds de Dolifton : » Sire, dit-il, je viens vous apporter ma tête : je fuis ce Furgiforque fi renommé par fes brigandages ; c'eft moi qui frappé par l'éclat des pierreries qui brilloient fur les habits de la jeune Princeffe Amarthife, l'enlevai des bras de fes Gouvernantes : — Et qu'en as-tu fait, malheureux ? s'écria la Reine de Loufachan, en fe levant avec précipitation. — Ce Chevalier, lui dit il,

en lui montrant Brandimart, peut
vous en donner des nouvelles plus
sûres que perfonne, puifque j'apprends qu'il l'a dû connoître chez
le Comte de la Roche-Sauvage,
auquel je la vendis alors. La beauté de cette jeune enfant m'ayant
mis en droit de lui dire que c'é-
toit une fille Circaffienne que les
gens de ma troupe avoient enlevée au-delà des montagnes. » Ah,
Ciel, s'écrièrent à la fois la Reine,
Doriftelle & Fleur-de-Lys, le
cœur palpitant de joie & de crainte. Auffitôt elles courent l'une à
l'autre, la Reine entrouvre le cor-
fet de Fleur-de-Lys, jette un nouveau cri, & s'évanouit entre fes
bras; on court, on les foutient
toutes deux: la Reine d'une voix

L v

étouffée, & ne pouvant encore
ouvrir les yeux, s'écrioit : » C'eſt
ma fille, c'eſt ma fille. « Brandimart éperdu embraſſe ſes genoux :
» Oui, Madame, s'écrie-t-il, nous
avons été élevés tous deux par le
Comte de la Roche-Sauvage qui
lui donna le nom de la fleur dont
la nature a mis l'empreinte ſur ſon
ſein ; mais aurez-vous pitié d'un
malheureux qui perdroit plutôt la
vie que celle qu'il adore depuis
que ſon cœur s'eſt ouvert au premier ſentiment : » Ah, cher Brandimart, elle eſt à toi, lui dit Doliſton, en prenant la main de
Fleur-de-Lys, & la lui préſentant : retournons au Temple, &
que le même jour qui me rend
mes enfans, aſſure leur bonheur,

& mette le comble à ma félicité. «

Dès le même jour qui suivit
cette double alliance, toute la
Cour de Loufachan partit pour
le Royaume d'Eleut, dont la Capitale qui portoit le même nom,
n'étoit éloignée de Loufachan que
de cinq jours de marche : ils furent
fort étonnés vers le milieu de la
premiere journée d'entrer dans un
grand parc, & de voir un château
fuperbe dont Dolifton ni perfonne
de fa fuite n'avoient eu jufqu'alors
aucune connoiffance. Tout-à-coup
de grandes grilles d'or s'ouvrirent,
& la Fée Fébofile en fortit fur un
char brillant de pierreries, ayant
à fes côtés le Roi Monodant &
le Prince Ziliant fon fecond fils.

On imagine fans peine quels furent les nouveaux tranfports de ces deux familles réunies : » Mon frère, dit Dolifton à Monodant, me pardonnerez-vous d'avoir ofé fans votre aveu donner la main de ma fille à Brandimart. — Ah, lui répondit Monodant, il l'eût due à Fleur-de-Lys, fimple fille Circaffienne, & le comble de la félicité pour moi, c'eft qu'il l'ait donnée à la Princeffe de Loufachan. « Fébofile pour achever de mettre le comble à leur fatisfaction, avoit envoyé des Génies obéiffans à fes ordres enlever le Comte de la Roche-Sauvage, après l'avoir prévenu de l'heureux fort de fes deux élèves : ce bon & vénérable vieillard penfa mourir

de joie entre les bras de Brandimart & de Fleur-de-Lys : il reçut
les plus grands honneurs de Monodant & de Dolifton qui ne pouvoient fe laffer de lui marquer
leur reconnoiffance : les deux Rois
pardonnèrent à Dimar & à Furgiforque, & les comblèrent de leurs
bienfaits.

L'aimable Prince Ziliant avoit
une trop belle ame pour être affligé
que Brandimart étant fon aîné, le
privât de porter un jour la couronne d'Eleut : » Vous en êtes
bien plus digne que moi, lui dit-
il, & d'ailleurs je vous avoue que
plus épris que jamais des charmes
de Morgane, il me feroit impoffible de renoncer à mon amour
pour elle ; je fens encore plus le

bonheur d'en être aimé, depuis
que Roland m'a tiré de son palais: la liberté que ce Paladin m'a
rendue, me fait bien sentir aujour-
d'hui que les charmes & les sentimens de cette aimable Fée sont
encore plus forts que ses enchantemens. « Brandimart embrassa
tendrement son frère, & l'assura
que Fleur-de-Lys & lui ne se
croiroient heureux qu'en parta-
geant leur trône avec lui : l'un &
l'autre le prièrent d'engager Morgane à leur accorder son amitié :
Ziliant les assura que Morgane
seroit déjà venue pour les félici-
ter, si sa bienfaisance ne l'avoit
portée à voler jusqu'aux sources
du Gange, pour y détruire l'enchantement de la fontaine de la

Roche où Callidore & Isolier lan-
guissoient depuis long-tems.

A peine la première clarté de
l'aurore annonçoit le jour suivant,
que toute la Cour fut très-surprise
en croyant qu'un soleil nouveau
précédoit celui qui devoit bientôt
paroître ; un groupe de nuages
resplendissans d'une vive lumière,
descendit dans la plaine, & ces
nuages se relevant dans les airs,
laisserent voir un palais brillant d'or & de pierreries, d'où
Morgane sortit avec Isolier &
Callidore.

Dans le moment où Ziliant,
Brandimart & Fleur-de-Lys couroient au-devant d'elle, Angélique
& Roland arrivèrent dans la Cour
du Roi Monodant : Morgane &

Fébofile étoient amies ; l'une &
l'autre épuisèrent leur art pour
embellir les fêtes qui durèrent pendant huit jours dans la Cour d'E-
leut, elles ne furent interrom-
pues que par les inftances de Roland pour qu'il lui fût permis d'aller au fecours de Charlemagne :
le Paladin, d'ailleurs, brûloit d'envie d'amener Angélique en France, & rien ne put le retenir.
Brandimart ne put fe réfoudre à
laiffer partir fans lui cet ami fi
cher, & Fleur-de-Lys feroit morte
de douleur, fi fon père l'eût em-
pêchée de fuivre fon époux. Les
quatre amans reprirent donc enfemble le chemin de la France ;
& traverfant les vaftes pays qui les
en féparoient, ils arrivèrent dans

ce royaume, où Charles faifoit raffembler des troupes de tous côtés,
pour fe mettre en état de réfifter
à toutes les forces de l'Afrique qui
fe préparoient à l'attaquer, & pour
fecourir l'Italie prête à fuccomber
fous les armes de Rodomont.

Dès le premier moment que
Didier, Roi de Lombardie, avoit
appris l'incurfion que le redoutable Rodomont faifoit dans fes
Etats, il avoit dépêché fon plus
fidèle Hérault à Charlemagne pour
lui demander du fecours, & ce
Prince connoiffant toute l'impor-
tance de ne pas laiffer pénétrer le
Roi d'Alger en France, avoit envoyé le Duc Naymes de Bavière,
comme le plus ancien & le plus
fage Général de fon armée à la

tête d'un gros corps de Gendarmerie Françoise; les plus renommés des Chevaliers qui le suivoient étoient ses quatre fils, le Comte de Savoie, & Guy Duc de Bourgogne; mais ce qui faisoit la principale force de ce secours, c'étoit la jeune & belle Bradamante, nièce de Charlemagne & sœur de Renaud : cette Guerrière s'étoit donnée aux armes, dès son enfance; elle égaloit presque son frère Renaud par sa force & par sa valeur, & son casque cachoit la plus charmante personne qui parât les bords de la Garonne & de la Seine.

Bradamante brûloit d'impatience de se trouver aux mains avec Rodomont qui passoit pour le Chevalier le plus redoutable de l'Afrique, & qui joignoit à la force de Milon le Crotoniate, l'avantage d'être couvert des armes impénétrables de l'impie Nembrod, chef de sa race. L'armée Françoise descendoit dans le plus bel ordre sur les plaines de Lombardie, lorsque Rodomont l'apprit par les troupes légères qu'il avoit en avant de son armée : charmé d'avoir à combattre des ennemis dignes de sa valeur, il fait prendre les armes, & vole à leur rencontre : bientôt ils furent en présence, & Bradamante remarquant Rodomont à la richesse de ses armes, comme aux ordres qu'elle lui voyoit donner, elle sortit des rangs, & la lance haute elle le défia : Rodomont courut

fur elle avec impétuofité ; la guerrière perça fon bouclier, mais fa
lance fe brifa fur la forte cuiraffe
de Nembrod ; celle du Roi d'Alger ne fit que gliffer fur les armes
de la guerrière : quoiqu'elle l'eût
fait chanceler dans les arçons, il
n'en fut que plus terrible ; & fuivant fa pointe, il renverfa Béren-
ger fils du Duc Naymes, & pénétra dans le front du premier efcadron François.

Rodomont porte le plus grand
défordre dans la Gendarmerie
Françoife, il bleffe plufieurs Paladins, il maffacre tout ce qui
tombe fous fes coups ; Bradamante
revient en vain fur lui l'épée haute ;
celle de Rodomont traverfant le
bouclier de la guerrière, fe porte

jufques fur l'encolure de fon cheval
qui tombe mort fous elle, & l'Africain continue les mêmes ravages,
rien ne peut réfifter à fes coups:
vainement de nouveaux efcadrons
viennent l'attaquer; la foudre ne
perce & ne brife pas plus facilement les fapins d'une forêt, que
fon épée meurtrière ne fait voler
les cafques & les braffards autour
de lui; l'épouvante fe mettoit déjà
dans l'armée Françoife, & le Duc
Naymes étoit prêt à donner le
fignal de la retraite, lorfque Didier, Roi de Lombardie, parut
dans la plaine marchant en bon
ordre à fon fecours.

Rodomont s'arrêta quelques
momens, reforma fes efcadrons,
& fit un fouris amer en voyant

reparoître les Lombards qu'il avoit
déjà battus, & dont il fe promet-
toit une victoire facile; mais fes
troupes ne confervèrent pas la
même affurance, lorfqu'elles entendirent retentir le nom de Renaud de Montauban : ce Paladin
accompagné de Dudon fils d'O-
gier le Danois, ayant été féparé
d'Aftolphe qu'il avoit vu ravir par
une Nymphe fur le dos d'une baleine, avoit appris en paffant dans
la Croatie, les ravages que les
Africains faifoient dans le cœur de
l'Italie, & déterminant Ottacier
à fe mettre à la tête de fes Croa-
tes, il étoit arrivé près de Pavie
où Didier reformoit un nouveau
corps pour défendre fes Etats.

Didier raffuré par le puiffant fecours qu'il recevoit, & plus encore par la préfence de Dudon & du brave & renommé neveu de Charlemagne, n'avoit pas différé d'un moment pour venir attaquer le Roi d'Alger.

Les Africains ayant mis quelque tems à fe reformer, les François eurent auffi celui de fe remettre en ordre, & le Duc Naymes les contint en alte jufqu'à ce qu'il eût vu le fuccès de la première charge des Lombards, & le moment de faire attaquer fa troupe avec avantage.

Renaud & Rodomont s'étant remarqués mutuellement, lorfque les Lombards & les Africains ne furent qu'à peu de diftance, fortirent des rangs, & s'élancèrent l'un contre l'autre; leurs lances se brisèrent jusques dans leurs gantelets, sans qu'ils fussent ébranlés; mais le cheval de Rodomont ne put résister à la force & l'impétuosité de Bayard qui lui brisa les épaules d'un coup de poitrail & le fit rouler mort sur la poussière: Rodomont furieux d'avoir été renversé pour la première fois, se relève l'épée à la main; quoiqu'à pied, sa force prodigieuse le fait résister au choc des Chevaliers qui suivent Renaud; tous les Cavaliers & les chevaux qui se trouvent à portée de ses coups, tombent morts de droite & de gauche, & l'épaisseur de cet escadron est séparée par l'espace couvert de sang que Rodomont forme autour de lui.

Renaud

Renaud après avoir renverſé le Roi d'Alger, pourſuivoit ſa pointe en faiſant un maſſacre horrible des Africains : il perce leur armée, & revient ſe jetter au plus fort de la mêlée, pour achever leur défaite. Pendant ce tems, Rodomont, quoiqu'à pied, portoit le même déſordre parmi les Lombards : le Duc Naymes s'en apperçoit, le montre aux Paladins qui l'entourent, & permet à quelques-uns d'eux de courir ſur lui pour le prendre priſonnier. Aynor eſt le premier qui joint le Roi d'Alger, & qui fond ſur lui, dans l'eſpérance de le renverſer ; mais Rodomont ſe détournant un peu, réſiſte au choc du cheval, enleve Aynor des arçons, & ſans quitter la jambe

M

qu'il a faifie, il fait tournoyer en l'air le malheureux Aynor; il fe fert de fon corps comme d'une maffue; il brife avec ce corps armé la tête des chevaux qui s'avancent fur lui; il renverfe tout ce qu'il trouve à fa portée, & fe forme un nouvel efpace autour de lui dont les Lombards n'ofent plus approcher.

Renaud qui vient de percer une feconde fois toute l'épaiffeur de l'armée Africaine, voit ce fpectacle horrible, & vole pour attaquer Rodomont; mais fon grand cœur ne lui permet pas de profiter de l'avantage d'être monté fur Bayard, il en defcend, & l'épée haute il court attaquer Rodomont.

C'eſt alors qu'on put voir tout ce que la force & la valeur peuvent montrer de plus terrible entre deux guerriers que l'honneur & la colère animoient; leurs armes à l'épreuve retentiſſent au loin de leurs coups; le caſque de Nembrod, celui de Mambrin qui couvre la tête de Renaud, ont l'air de deux enclumes ſur leſquelles les Cyclopes de Lemnos frappent à coups redoublés, & les têtes altières de ces fiers ennemis ploient à peine ſous ces terribles atteintes.

Ce combat effrayant eût duré long-tems; mais Bradamante ayant reconnu ſon frère à ſes armes, ainſi qu'à Bayard qui renverſoit les bataillons comme la faulx tranchante abat les fleurs d'une prai-

rie, cette guerrière n'avoit pu
résister au desir d'embrasser son
frère, & d'unir ses armes avec les
siennes ; mais tandis qu'elle se faisoit
jour au milieu des Africains, Renaud combattoit déjà Rodomont ;
les flots d'Algériens qui fuyoient
devant les coups de la guerrière ,
tombèrent sur le Roi d'Alger &
le Paladin : tous les deux séparés
malgré tous les efforts qu'ils faisoient pour se rejoindre, se ven-
gent sur les bataillons ennemis à
leur portée. Flamberge dans la main
de Renaud, moissonne les Africains épouvantés : le carnage que
Rodomont fait des Chrétiens les
fait encore douter d'une pleine
victoire, & les espaces que Rodomont savoit se faire autour de lui

recommençoient à marquer la place où ce fougueux Sarrasin faisoit redouter ses coups : c'est dans l'un de ces momens qu'il apperçoit Bayard couvert du sang de ses soldats qu'il déchire avec ses dents, & dont aucun n'ose plus essayer de l'arrêter : Rodomont court, le saisit par la bride, & veut s'en emparer; mais le terrible animal se cabre, met ses deux pieds sur ses épaules, & tel qu'un athlète des jeux Olympiques, il lutte contre Rodomont qui se défend en vain, il l'atterre sous ses pieds, le foule, le meurtrit, & l'empêche de se relever : trois fois Rodomont essaie à plonger son épée dans ses flancs; Bayard étoit invulnérable, & l'épée du Sarrasin ploie jusqu'à

M iij

la garde, fans pouvoir le percer:
Renaud arrive en ce moment, il
rit d'abord de cette lutte fingu-
lière; Bayard animé par la préfence de fon maître, redouble fes
atteintes, en pouffant des hennif-
femens affreux. Renaud trop généreux pour laiffer périr un fi
grand guerrier fous fes coups:
» Arrête, mon cher Bayard,
s'écrie-t-il, laiffe-moi l'honneur de
combattre ce brave Chevalier. «

L'animal fée, docile à la voix
de fon maître, vient le rejoindre
en bondiffant. Le Roi d'Alger fe
relève avec peine, & marche en
chancelant, fon épée baiffée, au
Guerrier qui lui fauve la vie. » Ton
grand cœur & ta générofité, lui
dit-il, m'apprennent bien que tu

ne peux être un autre que Renaud : tu me vois maintenant fans
défenfe; mais je n'accepte la vie
que tu me laiffes, qu'à condition
que tu me promettras de te retrouver les armes à la main contre
moi. — Brave Prince, lui répondit Renaud, puifque le fort veut
que nous foyons ennemis, j'accepte le combat que tu me pro-
pofes, & je te donne rendez-
vous dans un mois au perron de
Merlin dans la forêt des Ardennes. « A ces mots les deux Guerriers fe féparèrent, pénétrés d'eftime l'un pour l'autre ; & tous
les deux firent fonner la retraite
des deux parts. Rodomont fit rapprocher fon armée de la mer,
abandonna la Lombardie pour fe

porter fur les côtes de France, &
Renaud & Dudon furent rejoindre
le camp françois où Bradamante
arriva bientôt pour ferrer dans fes
bras un frère fi tendrement aimé.

Renaud avoit choifi la forêt des
Ardennes pour fon rendez-vous
avec Rodomont, pour s'approcher
de Trèves où Charlemagne avoit
été dans le deffein de contenir les
Saxons & les peuples de la baffe
Germanie, qui toujours prêts à fe
révolter avoient effayé de fe raffembler & de tenter un nouvel
effort dans un temps où la France
étoit menacée de l'incurfion que
les Africains fe préparoient à faire.
La préfence de Charles éteignit
facilement cette nouvelle rebel-
lion; & de plus grands intérêts

le rappellèrent bientôt dans fes Etats, quelques barques génoifes ayant donné l'avis que la flotte d'Agramant étoit prête à mettre à la voile.

L'Empereur d'Afrique n'avoit retardé l'exécution de fes projets, que par l'oppofition de fes Sujets & de plufieurs Rois fes vaffaux, qui frappés de ce que le Roi des Garamantes avoit dit en mourant refufoient de prendre les armes : il attendoit avec impatience le re-tour de Brunel, dans l'efpérance que ce fubtil larron réuffiroit à voler l'anneau d'Angélique, & que, par la puiffance de cet an-neau, l'enlevement de Roger de-viendroit moins difficile. Il preffoit cependant l'équipement de la puiffante flotte dont il avoit befoin pour paffer la mer.

Un foir, en revenant du port de Biferte , Agramant vit tout-à-coup paroître Brúnel ; il queftionne ce Nain avec crainte , mais il voit briller la joie dans fes yeux : Brunel tout-à-coup difparoît à ceux de l'Empereur ; l'inftant d'après il fe fent ferrer les genoux , & Brunel qui les embraffe redevient vifible à l'inftant. » Voilà l'anneau que vous defirez, dit-il en lui préfentant celui d'Angélique ; j'ai fait plus, j'amène pour monter Roger le cheval de Sacripant ; & ce cheval auquel j'ai donné le nom de Frontin, eft le meilleur qui foit dans tout l'Orient. J'ai même eu l'adresse d'enlever l'épée du Paladin Roland pour armer le jeune Prince dont vous desirez le secours. — Quoi ! mon cher Brunel, s'écria l'Empereur, la célèbre Durandal seroit dans tes mains ? — Vraiment, répartit Brunel, celle-ci qui se nomme Balisarde est bien supérieure à la première, puisque sa trempe est encore plus fine, qu'elle a le pouvoir de couper toutes les armes enchantées, & qu'elle peut donner la mort à Roland même. Agramant transporté de joie, court chercher une couronne d'or, la pose sur la tête informe du Nain en lui disant : » Je te fais Roi de Tingitane. «

Quoique le généreux Agramant

M vj

eût une fecrette horreur dans l'âme contre Brunel qu'il ne regardoit que comme un vil fcélérat, ce même fentiment, qui porte la plupart des Princes à prodiguer des récompenfes à ceux qu'ils méprifent fecrettement, lorfqu'ils ont profité de leur baffeffe & de leurs crimes, lui fit élever Brunel au rang des Rois, & l'admettre dans le grand Confeil où les Rois fes vaffaux furent bientôt raffemblés., par fes ordres.

Agramant leur fit voir l'anneau, Frontin & Balifarde, & leur demanda leur avis fur les moyens de s'emparer de Roger, & de le tirer du château d'Atlant. Les Etats de Malabufer, Roi du Fifan, étoient les plus voifins des monts

de Carêne ; il prit la parole, &
foutint que quoiqu'il eût fouvent
parcouru le pied de ces montagnes, il n'avoit jamais vu de château fur leur cime : Agramant ne
crut pas devoir s'arrêter à cette
objection ; & muni de l'anneau
d'Angélique, il marcha lui-même
à la tête des trente-deux Rois &
de fa Cour vers les monts de Carêne, pour y chercher la retraite
de l'Enchanteur.

Malabufer, qui marchoit en
avant, fut le premier à découvrir
le château, l'anneau d'Angélique
ayant le pouvoir de diffiper l'illu-
fion qui l'avoit dérobé jufqu'alors
à tous les regards. Mais Agramant
& tous les Rois reconnurent que
ce château fabriqué d'un acier

poli, & resplendissant de lumière,
étoit situé sur la cime d'une montagne isolée, dont les flancs com-
posés d'une roche dure & polie étant presque perpendiculaires
de tous côtés, ne présentoient
aucune route, & né laissoient
aucun espoir de pouvoir s'élever
jusqu'à son sommet.

Brunel eut encore le mérite de
les empêcher de désespérer de la
réussite : » Ce n'est que par l'a-
dresse, leur dit-il, que vous pour-
rez vous rendre maîtres de Roger. Faites promptement préparer
un tournoi ; le grand cœur de
Roger ne lui permettra point de
voir ce spectacle avec indifférence, & c'est ainsi qu'il vous sera
possible de l'attirer dans la plaine. «

Agramant ne balança pas à fuivre le conseil de Brunel, & for-
mant deux troupes de plusieurs
quadrilles, il se mit à la tête de
l'une, & pria Sobrin de comman-
der l'autre. Les premières joûtes
que Roger apperçut du haut du
château d'acier, excitèrent son admiration & ses désirs : le feu qui
brilloit dans ses yeux coloroit aussi
ses joues d'une vive rougeur : » Ah,
mon père, s'écrie-t-il aussitôt, en
ferrant le vieux Atlant dans ses
bras, descendons de grace dans
la plaine ; allons observer de plus
près le combat de ces Chevaliers. «
Atlant refusa long-tems, connoissant le danger de la complaisance
qu'il auroit pour son élève ; mais
il est difficile de résister aux ins-

tances de la jeuneſſe : le vieux
Atlant ſe rendit à celles de Roger : il le connoiſſoit aſſez vif, aſſez
audacièux pour ſe laiſſer gliſſer le
long de la roche, comme il l'en
menaçoit : il deſcendit donc avec
lui par un eſcalier taillé dans le
roc qui n'étoit connu d'aucun habitant du château.

L'adroit Brunel qui ſe prome-
noit, monté ſur Frontin, au bas
de la roche, la vit s'ouvrir, lorſqu'Atlant & Roger en ſortirent :
la belle & noble figure du jeune
Roger, fit connoître à Brunel que
c'étoit celui que l'Empereur deſi-
roit ſi vivement d'enlever à l'Enchanteur.

Brunel auſſitôt fait caracoller
Frontin, & lui fait déployer toute

fa force & fon adreffe : » Mon ami, dit Roger au Roi de Tingi-tane qu'à fa mauvaife mine il prit pour marchand de chevaux, que je te ferois obligé, fi tu voulois me vendre ce beau cheval. — En tout autre temps, répondit Bru-nel, j'aurois pu m'en accommo-der avec vous ; mais dans ce mo-ment il m'eft trop néceffaire : quoi-que petit, pourfuivit-il, j'ai de l'honneur & du courage ; il faudroit être bien lâche pour refter oifif & tranquille, lorfque notre grand Empereur Agramant que vous voyez s'exercer dans la plaine avec fes Chevaliers, va paffer inceffam-ment en France à la tête de trente-deux Rois & de la plus belle ar-mée qui jufqu'ici foit fortie de l'A-

frique : jamais une guerre si glo-
rieuse ne fut entreprise en l'honneur du saint Prophète ; jamais
tant de lauriers ne furent offerts
à remporter aux Chevaliers Africains ; & jusqu'aux mères les plus
foibles & les plus tendres regar-
deroient leurs enfans comme vils
& déshonnorés, s'ils ne suivoient
pas leur Empereur. « On imagine
sans peine à quel point le jeune
& bouillant courage de Roger fut
ému par ce récit : » Vous êtes un
barbare, dit-il à l'Enchanteur,
vous êtes un ennemi du saint
Prophète, si vous vous refusez
à mes desirs : ah, mon ami,
continue-t-il en s'adressant à Brunel, rends-moi la vie, & si tu ne
veux pas me vendre ton cheval,

prête-le-moi du moins pour quelques momens. — C'eſt autre choſe,
dit Brunel, il ſeroit même poſſible que je vous le donnaſſe ainſi
que les plus belles & les plus riches
armes que je tiens de mon père,
& qui ſont trop grandes pour moi,
ſi je croyois que vous vouluſſiez
vous rendre utile à mon Empereur ; car je me rends juſtice ;
fait comme je le ſuis, je ne peux
être d'un grand ſecours, & ſi vous
vouliez me remplacer, non-ſeule-
ment je pourrois vous donner mon
cheval & mes armes, mais auſſi
cette belle épée, la meilleure qui
ſoit dans l'univers. « A ces mots,
il fit briller Baliſarde. » Ah, je te
le jure, dit Roger, ſans conſul-
ter davantage Atlant, & même

fans le regarder. « Brunel ne perd
pas un moment, lui montre fur
un buiffon les riches armes dont
il vient de lui parler ; il l'aide à
s'en couvrir, ceint Balifarde à fon
côté, & Roger s'élance d'un feul
faut fur Frontin. Atlant baigné de
larmes, & fachant qu'il ne peut
réfifter aux décrets du Deftin,
gémit en voyant partir fon élève
qui vole pour fe jetter dans le plus
épais du tournoi.

Dans ce moment le parti de
l'Empereur avoit du défavantage ;
Roger reconnut le Souverain des
autres Rois, au croiffant de diamans qui furmontoit la couronne
de fon cafque : il vole à fon fecours, il le dégage de quatre
Rois prêts à le prendre prifonnier;

nul cheval ne peut réfister au choc
de Frontin ; nul Chevalier ne peut
fupporter les coups pefans de Balifarde : le parti d'Agramant reprend le deffus, le parti contraire
ne fait plus qu'une foible défenfe.
Un Chevalier de ce parti nommé
Bardulafte remarque que c'eft un
inconnu qui remporte le prix du
tournoi ; piqué de lui voir renver-
fer de deux coups de Balifarde
deux de fes parens qui s'oppofent
à fes efforts, il a la lâcheté de
porter un coup de pointe au défaut des armes de Roger, & lui
fait une bleffure profonde dans le
côté. Roger fe retourne furieux
de cette trahifon & d'un acte
profcrit dans les tournois : il veut
en punir Bardulafte qui n'ofe lui

tenir tête , & qui fuit à toute bride
du côté de la roche d'Atlant. Roger le poursuit , & monté sur le
léger Frontin il le joint & lui
fait voler la tête ; cependant la
douleur que lui fait sa blessure, &
son sang qu'il voit couler à gros
bouillons l'obligent d'avoir recours
au vieux Atlant qu'il a laissé près
de la porte qui donne accès dans
la roche. Atlant gémit de voir son
Elève couvert de son sang ; &
quoiqu'il l'arrête , & qu'il ferme
sa blessure avec une seule goutte
d'un baume précieux , il lui dit
que ses jours sont en danger , &
lui fait de longues représentations
sur son imprudence de s'être ex-
posé si témérairement. Pendant ce
temps , les Chevaliers opposés à

l'Empereur lui cèdent l'honneur du tournoi, se disperfent dans la plaine, & deux ou trois, pour éviter d'être faits prifonniers, s'enfuient du côté de la roche d'Atlant.

Les Chevaliers trouvent le corps de Bardulafte, & voyent Brunel tenant dans fes mains l'épée de ce malheureux Chevalier qu'il vient de ramaffer ; ils l'arrêtent, le conduifent à l'Empereur, qui connoiffant Brunel pour être capable des plus lâches perfidies, & le déteftant dans fon cœur, ne balance pas à le condamner à mort, le fait attacher à la queue d'un mauvais cheval, & commande qu'on aille le pendre près de la roche d'Atlant, pour le punir d'avoir promis en vain qu'il en feroit descendre Roger.

On exécute la Sentence; on traîne Brunel près de la roche : c'eſt en vain qu'il remplit l'air de ſes cris, & le bourreau s'apprête à lui paſſer le cordeau fatal. Roger guéri de ſa bleſſure, entend les cris de Brunel, s'élance ſur Frontin, court à ſon ſecours, renverſe les bourreaux, le délivre, & préſentant la pointe de Baliſarde aux Chevaliers qui venoient voir le ſupplice de ce larron : » Arrêtez, leur dit-il, cet homme eſt innocent; je vais moi-même le conduire à votre Empereur, & je le prens ſous ma garde : « les Chevaliers reconnoiſſant Roger pour être celui qui vient de remporter

l'honneur

l'honneur du tournoi, ne s'op-
posent point à son dessein, & Roger s'avance vers Agramant qui
pouvoit voir de loin tout ce qui
se passoit au pied de la roche :
» Grand Empereur, lui dit Roger
d'un air fier, quoique respectueux,
cet homme n'est point coupable,
je lui dois de la reconnoissance, &
je le prends sous ma garde. Ce
Chevalier, dont on le croit meurtrier, vient d'être puni de ma
main; il m'a blessé lâchement d'un
coup de pointe, malgré la loi sévère des tournois : il méritoit la
mort; & si quelqu'un de votre armée ose soutenir le contraire, je
le défie. « Alors il montre à l'Empereur ses armes & son côté qui
sont encore tout couverts de son

N

fang. Perfonne n'élève fa voix, pour prendre le parti de Bardulafte : » Généreux Guerrier , lui dit Agramant, la vengeance que vous avez pris d'un lâche eft jufte , & perfonne n'eft en droit de vous reprocher fa mort, mais Brunel ne la mérite pas moins pour n'avoir pas tenu la parole qu'il nous avoit donnée ; il avoit juré fur fa tête d'attirer Roger du château d'Atlant & de nous amener ce jeune héros auquel la deftinée promet la défaite des Chrétiens & des palmes immortelles. — Hélas, Seigneur , cria le malheureux Brunel d'une voix tremblante, qu'avez-vous donc à me reprocher ? & pouvez-vous avoir l'injuftice & la barbarie de vouloir

ma mort au moment même où je
remets le brave Roger entre vos
mains ? — Ah, Ciel ! eft-ce bien
vous, Roger, s'écria l'Empereur
en lui tendant les bras ? « Roger
faute à bas de Frontin, délace fon
cafque, laiffe voir fa figure célefte, & court embraffer la jambe
d'Agramant : » Oui, c'eft moi,
Seigneur, qui fuis Roger, & qui
brûle d'impatience d'employer mon
bras & ma vie pour votre fervice. « L'Empereur l'embraffe tendrement : un murmure agréable &
flatteur pour Roger, s'élève parmi les Rois affemblés : l'Empereur le fait remonter à cheval, le
place à fa droite, & l'emmène en fon
palais : il n'oublie pas de rendre
juftice à Brunel, & l'honore d'une

N ij

chaîne de pierreries qu'il paſſe lui-même à ſon col.

Au moment où l'Empereur arriva dans ſon palais, Roger ſe jettant à ſes pieds, lui dit qu'il ne ſe croiroit digne de le ſuivre, que lorſqu'il auroit reçu l'honneur d'être armé Chevalier de ſa main ; ce fut ſur le ſeuil même du palais, qu'Agramant lui donna l'accolade, & lui chauſſa l'éperon ; mais à l'inſtant même où l'Empereur le tenoit dans ſes bras, un tourbillon impétueux ſe fit entendre : le vieux Atlant de Carène parut tout-à-coup près d'eux, ſes cheveux blancs étoient hériſſés, & ſes yeux étoient couverts de larmes : » Tu me prives de mon élève, Agramant, s'écria-t-il, & mon pouvoir ne peut aller contre les arrêts du Deſ-

fin : oui, Roger couvrira les bords de
la Seine de morts & de mourans,
& fon bras te rendra d'abord vainqueur de la France ; oui, la plus
illuftre race doit naître de ce héros ; mais apprends que ce que tu
crois faire pour la gloire du Prophète, tournera dans la fuite contre fa religion : apprends que Roger vaincu par l'amour, fe fera
Chrétien, & que les plus redoutables ennemis de notre fainte loi
fortiront de fa race ; apprends de
plus, ajouta-t il en pouffant un
long gémiffement, que mon cher
Roger fera trahi par des lâches qui
lui donneront la mort, & frémis
toi-même fur le fort qui t'eft pré-
paré ? «

Atlant difparut à ces mots ; &

quoique fa fatale prédiction portât la confternation dans les ames, elle fut bientôt diffipée par la préfence de Roger.

Agramant plein de cette audace que la jeuneffe porte jufqu'à la témérité, ne voulut trouver dans tout ce qu'Atlant venoit de dire qu'une rufe de plus pour retenir fon élève; & Roger qui préféroit de vivre peu d'années avec gloire à de longs jours paffés dans un honteux repos, fut le premier à preffer Agramant d'accomplir la brillante entreprife qu'il avoit projettée : les Rois qui s'étoient d'abord refufés à le fuivre d'après la déclaration que le Roi des Garamantes avoit faite en mourant, furent les plus vifs à preffer l'Empéreur de hâter fon départ, & peu de jours après la grande flotte Africaine mit à la voile.

Nous avons déjà dit que l'ingrat Marfile avoit fait l'alliance la plus étroite avec Agramant, & qu'efpérant partager les belles Provinces de France avec lui, fon armée devoit fe réunir à la fienne : fon Envoyé fecret avoit ordre de l'avertir, dès que le départ d'Agramant feroit déterminé, & de dire à cet Empereur qu'il pouvoit venir aborder en Efpagne, & fuivre la route qu'il alloit lui tracer, en attaquant Bayonne, le Rouffillon & le Languedoc : une corvette légère partit auffitôt pour avertir Marfile, qui fur le champ fe mit en marche de Barcelone, tandis que Ferragus & le brave Ifolier fes deux fils raffembloient fous Pampelune un gros corps qui devoit fe joindre au fien.

Tandis que la flotte d'Agramant fe prépare à mettre à la voile, le Berni s'occupe de Renaud de Montauban, & reprend le fil de l'hiftoire de ce Paladin au moment où fa générofité vient de fauver Rodomont des atteintes de Bayard, & où ces deux braves ennemis fe font donné rendez-vous au bout d'un mois dans lá forêt des Ardennes. Renaud ne laiffa jouir qu'un jour fa fœur Bradamante du plaifir de le revoir; il laiffa fous fon commandement ce qu'il avoit de François avec lui, & fe dérobant

de Dudon & d'Ottacier, il partit
feul pour aller rejoindre Charlemagne à Trèves où la vigueur &
la vîteffe de Bayard le portèrent
en peu de jours.

Charles n'eut pas le courage de
reprocher à fon neveu Renaud une
fi longue abfence : cet aimable
Paladin lui parut également foumis & zèlé pour lui : les fervices
qu'il venoit de lui rendre en Italie, n'étoient pas moins utiles &
glorieux pour fes armes; il prévoyoit de plus ceux qu'il auroit
bientôt à lui rendre. Renaud paffa
près d'un mois dans fa Cour, mais
voyant approcher le tems du rendez-vous que Rodomont & lui
s'étoient donné, il partit une nuit
pour fe rendre dans la forêt des

N v

Ardennes; il parcourut inutilement
cette forêt pendant quelques jours.

Un soir, fatigué de sa longue recherche, il s'endormit sur les bords
fleuris d'une fontaine, & bientôt
son esprit fut agité par l'impression
d'un songe; il lui sembla voir
danser près de lui trois jeunes
Nymphes à demi nues qui répan-
doient des fleurs sur un jeune enfant d'une rare beauté; l'enfant
répondoit à la cadence de leurs
voix & de leurs pieds légers, par
le battement de ses aîles; quel-
quefois elles se penchoient en rond
sur lui, faisant semblant de l'attacher avec leurs guirlandes; la plus
téméraire étoit arrêtée par un baiser qu'elle recevoit en rougissant,
mais auquel l'instant d'après elle

s'expofoit encore. Renaud étoit déjà vivement ému par ce charmant fpectacle, lorfque tout-à-coup les Nymphes interrompirent leur danfe , & parurent le regarder avec indignation : » N'eft-ce pas là, dit l'une d'elles, ce Paladin rebelle à l'amour, & dont l'ame infenfible fait foupirer vainement la beauté qui nous reffemble le plus. « A ces mots, les trois Nymphes l'entourent, le frappent de leurs guirlandes ; le jeune enfant prend une tige de lys, & la fait tomber fur le cafque de Membrin ; les armes impénétrables de Renaud ne l'empêchent point de fentir vivement ces atteintes ; bientôt il eft obligé de leur crier merci. » Je n'en accorde jamais, répond l'en-

fant (en faifant un ris malin) & tu
fubiras encore plus la punition de
ton indifférence. « A ces mots,
Renaud voit les trois Nymphes
déployer des aîles pareilles à celles
de l'enfant ; tous les quatre s'élèvent dans les airs, difparoiffent entre
les rameaux des arbres, en laiffant
après eux des fillons de lumière.

Renaud agité par ce fonge, fe
réveille le front humide, & la
poitrine embrâfée ; il détache fon
cafque, le plonge dans les eaux
de la fontaine pour appaifer le
le feu qui le dévore : c'étoit
celle de l'amour. A peine cette
eau brûlante a-t-elle touché fes
lèvres, qu'Angélique reparoît à fon
fouvenir avec tous fes charmes,
& les mortels regrets déchirent

fon cœur : il reconnoît ces mêmes
gazons, cette même place où la
belle Princeffe du Cathay l'a prévenu par les difcours les plus tendres ; il fe rappelle les coupables
dédains dont il a payé tant d'a-
mour ; il fe fait une peinture fi
vive du bonheur qu'il a perdu par
fa faute, que pénétré de défefpoir,
il verfe un torrent de larmes ; il
baife cent fois les gazons que le
beau corps d'Angélique a foulés,
& tout ce qu'il fait pour foulager
fa peine, ne fait que redoubler la
fureur de fes regrets & de fes dé-
firs. Plein des nouveaux tranfports
qui l'agitent, il vole à Bayard,
& part, avec le deffein de
chercher Angélique, d'expier fa
faute à fes pieds, & d'y mourir

s'il la trouve inflexible. Il marche quelque tems dans la forêt, & découvre, à l'extrémité d'une longue route, une Dame accompagnée d'un Chevalier, qui tous deux marchent en s'approchant de lui; c'étoit Angélique & Roland ; ils s'étoient féparés à Metz de Brandimart & de Fleur-de-Lys , & Roland preffé de rejoindre fon oncle, traverfoit les Ardennes pour fe rendre, & conduire Angélique à fa Cour.

Peu de momens auparavant, Angélique en entrant dans cette forêt, s'étoit rappellée la cruelle indifférence & tous les charmes de Renaud : » C'eft dans cette même forêt, fe difoit-elle en foupirant, que le cruel a dédaigné

mon amour; fatale paſſion, ajou-
toit-elle, ne pourrai-je donc jamais
t'éteindre, puiſque tu ne peux faire
mon bonheur! « Une fontaine qui
ſe trouva dans ce moment en ſon
chemin, la fit ſouvenir de celle
ſur les bords de laquelle elle avoit
trouvé Renaud endormi, & ſes
beaux yeux ſe rougirent & ſe rem-
plirent de larmes: craignant que
Roland ne s'en apperçût, elle deſcendit de ſon palefroi, & courut à
la fontaine pour rafraîchir ſes yeux
& ſe déſaltérer. Hélas! les eaux
glacées de cette ſource ne devoient
faire que trop d'effet ſur elle.
» Arrête, Angélique, arrête, s'é-
crie le bon Archevêque Turpin,
dans cet endroit de ſon récit; arrête, infortunée! Renaud t'adore

en ce moment, & toute la gloire
que tu peux tirer de ton indifférence, ne vaut pas une feule des
faveurs que te peut prodiguer l'a-
mour. « Il n'eft plus tems ; déjà le
froid mortel de ces eaux a glacé
le cœur d'Angélique ; déjà Renaud
fe peint à fes yeux non-feulement
comme un ingrat, mais auffi
comme le plus odieux des mortels ; elle détefte fa foibleffe pour
lui ; fon défir n'eft plus de fe
fentir doucement ferrée entre fes
bras, mais de voir couler tout le
fang de ce Paladin à fes pieds.

C'eft dans ces fentimens qu'Angélique pourfuivoit fa route avec
Roland, lorfque Renaud s'approcha d'eux en marchant dans la
même route ; ils ne pouvoient en-

core le reconnoître, il étoit trop loin de leur idée ; mais les yeux d'un amant, toujours plus perçans, firent bien plutôt reconnoître par Renaud, celle dont l'idée alors étoit pour lui toujours présente : Renaud s'élance de toute la vîtesse de Bayard, joint Angélique, & se jette à ses pieds, en lui criant merci, convenant qu'il mérite la mort, & la conjurant les yeux pleins de larmes d'avoir pitié de son repentir. Angélique indignée & saisie d'horreur, détourne ses regards, & Roland courroucé des propos de son cousin, s'écrie : » Arrête, Renaud, & songe que tu parles devant Roland qui ne peut ni ne doit souffrir tes discours & ton manque de parole. «

» Ah ! mon cousin, s'écria Renaud, confus d'un reproche qu'il avoit mérité ; ah ! Roland , puiſque tu connois le pouvoir de l'amour, tu ſçais par toi-même qu'il m'eſt impoſſible de t'obéir. « Roland, dont la colère s'étoit animée par dégrés, étoit prêt à charger Renaud, lorſqu'il y fut déterminé par Angélique elle-même : » Ah ! cher Comte , lui cria-t-elle, délivrez-moi de cet objet odieux ; & ſongez que je me ſuis miſe librement ſous votre garde. « Roland alors s'avançant ſur Renaud avec des yeux menaçans : » Tu viens d'entendre , lui dit-il , ce qu'on exige de moi, obéis, & ne me force pas de t'y contraindre par les armes. « Renaud ne lui répond qu'en s'élançant ſur Bayard,

& tirant la redoutable Flamberge ;
Roland oppofe Durandal à fes
coups : bientôt l'air retentit au
loin de ceux que ces deux fortes
épées portent fur les armes des
deux Paladins. Angélique eft effrayée ; mais ne craignant déjà
plus que pour les jours de Roland,
que le courage de Renaud peut
mettre en danger, elle fuit de
toute la viteffe de fon palefroi
dans la forêt.

Ce même jour Charlemagne
étoit forti de Trèves pour fe promener avec les premiers de fa
Cour dans la belle & vafte forêt
des Ardennes. Olivier, qui s'étoit
avancé de la longueur d'une route, rencontra la belle Angélique,
la reconnut, & lui demanda

quelle étoit la caufe de fa terreur :
» Hélas! dit-elle, je me rendois
à Trèves fous la conduite de Roland , lorfque nous avons rencontré Renaud : le peu de charmes,
qui m'eft fi fatàl , les a rendus depuis long-temps rivaux ; ils fe font
pris de querelle ; ils font aux
mains, & vous pouvez même entendre retentir la forêt des coups
qu'ils fe portent.

Olivier conduifit promptement
Angélique près de Charles, qui
fçachant que c'étoit la Princeffe
du Cathay, la reçut avec les plus
grands honneurs. Ce fage Prince
connoiffant tout le danger d'expofer les charmes d'Angélique aux
yeux des Paladins de fa Cour,
fans qu'elle fût fous une sûre

garde, la remit fous celle du vieux
Duc Naymes de Bavière, & le
bruit des coups terribles que Roland & Renaud fe portoient pa-
roiffant encore redoubler, il courut lui-même avec quelques Paladins pour les féparer.

La préfence de l'Empereur arrêta les combattans; tous les deux
fe reculèrent d'un pas, & baiffe-
rent la pointe de leurs épées. Charles n'employa point la févérité
d'un Souverain en leur parlant:
» Mes chers neveux, leur dit-il,
quelle fureur vous porte à répandre un fang fi précieux! Songez
que vous le devez à la religion, à
votre patrie que les Infidèles veulent détruire. Réuniffez-vous dans
les bras d'un oncle qui vous aime;

suspendez au moins vos débats, &
rapportez-vous-en à ma sagesse
comme à ma tendre amitié pour
les accorder. « Roland & Renaud
n'hésitèrent pas; tous les deux vinrent en rougissant embrasser les
genoux de l'Empereur, qui leur
dit qu'il avoit remis la Princésse
du Cathay sous la garde du vieux
& respectable Naymes, & que
lorsque les ennemis de la foi se-
roient repoussés, cette Princesse
seroit le prix de celui des deux que
le Conseil des Pairs jugeroit l'a-
voir le mieux méritée. Roland
crut devoir souscrire à cet accord;
Renaud s'y détermina de même,
espérant toujours qu'un retour de
tendresse rameneroit à lui le cœur
de celle qu'il adoroit.

On a vu que Renaud avoit attendu vainement le Roi d'Alger dans la forêt des Ardennes : ce Prince avoit été long-temps à se remettre des cruelles atteintes qu'il avoit reçues de Bayard, & ses reins & ses épaules foulées & meurtries avoient été plus d'un mois sans pouvoir supporter le poids de ses armes. Il partit dès qu'il put monter à cheval ; & passant par Genêve, il entra dans les Ardennes, priant son Prophète de le faire arriver à temps, pour y rejoindre Renaud ; il en eut l'espérance dès le premier jour, en rencontrant un Guerrier de la plus haute apparence ; mais il connut bientôt qu'il s'étoit trompé, ne le voyant pas monté sur Bayard

dont il conservoit un cruel souvenir. L'un & l'autre se saluèrent:
Ferragus, fils du Roi Marsile,
étoit le Chevalier inconnu que le
hasard fit rencontrer à Rodomont;
tous les deux occupés d'une recherche différente, ne pensèrent
point à se provoquer à la joûte,
suivant un usage assez commun
alors. Rodomont lui désigna Renaud, Ferragus lui peignit Angélique; & tous deux se demandè-
rent mutuellement si le hasard les
leur auroit fait rencontrer. Ils ne
purent s'en rien apprendre, &
continuèrent leur route en parlant
de l'entreprise d'Agramant. Ferragus occupé de son amour pour
Angélique, dit à Rodomont qu'il
étoit fort heureux de n'avoir point
vu

vu cette Princeſſe à laquelle rien
ne pouvoit réſiſter. » Vous pouvez
en juger par moi-même, continua
Ferragus, j'étois fortement épris
de Doralice, fille de Stordilan
Roi de Grenade: mais depuis que
j'ai vu la charmante Angélique je
me ſens entraîné malgré moi ſur
ſes pas, & ce n'eſt que par bien-
ſéance que je vais retourner à Grenade pour achever de me dégager
des foibles liens qui m'arrêtoient.
— Ne l'eſpère pas, lui répondit
Rodomont en fureur. J'adore la
Princeſſe Doralice ; il me ſuffit
que tu l'aies aimée pour que je te
traite en ennemi. — Parbleu, dit
Ferragus, je ne demande pas
mieux ; & puiſque tu le prens ſur
ce ton-là, je te déclare que quoi-

O

qu'Angélique soit plus belle que Doralice, je veux persister dans mes premières amours. « La seule réponse de l'impétueux Rodomont fut de mettre l'épée à la main, & les deux Guerriers se chargèrent avec fureur.

Le combat entre deux Chevaliers de cette force & de ce courage, étoit terrible, & duroit déjà depuis long-tems, lorsqu'il fut interrompu par l'arrivée d'un Courier qui les prenant pour des Chevaliers François, leur dit qu'au lieu de se battre, ils feroient beaucoup mieux de courir au secours du Duc Aymon que le Roi Marsile assiégeoit dans Montauban après avoir défait l'avant-garde de l'armée Françoise : en achevant ces mots, le Courier piqua vers Trèves & les laiſſa riant tous deux de ſa mépriſe. « Ma foi, dit Ferragus, je trouverois bien plus ſenſé d'aller tous les deux nous joindre au Roi mon père, & preſſer la priſe de Montauban, que de nous battre ici ſans ſujet, & pour un moment d'humeur. — J'y conſens de toute mon ame, dit Rodomont; & puiſ. que je ſuis ſûr que vous n'êtes plus mon rival, je ne trouve plus de raiſon que de vous eſtimer & vous deſirer pour ami. « Les deux Princes s'embraſſerent à ces mots, & prirent enſemble le chemin de Montauban, pour aller ſe joindre à l'armée Eſpagnole de Marſile.

Le Courier ayant pourſuivi ſa route, porta l'allarme dans la ville de Trèves: Charles en partit promtement avec ſes Paladins & quelques troupes d'élite pour aller au ſecours du Duc Aymon ; mais s'étant détourné pour faire marcher les troupes qu'il avoit raſſemblées dans la Touraine, Rodomont & Ferragus joignirent Marſile pluſieurs jours avant que Charles arrivât à portée de Montauban à la tête de ſon armée.

Charles ayant raſſemblé ſes forces, s'approche des lignes que Marſile a fait élever autour de Montauban; les Eſpagnols en ſortent pour préſenter la bataille à Charles, qui déclare à ſes deux neveux, en préſence des Paladins, que la main d'Angélique ſera le prix de celui des deux qui rendra

les plus grands fervices au Saint-
Empire. Ces deux armées fe char-
gent avec fureur, le combat dure
tout le jour & fe renouvelle le
lendemain. L'armée de Marfile
court le rifque d'être entièrement
défaite, malgré les efforts de Rodomont & des deux fils de Marfile, Ferragus & le brave Ifolier :
Agramant vient au fecours de Marfile à la tête de fon armée & con-
duifant le jeune Roger avec lui :
ce Prince rétablit le combat qui
devient plus furieux que jamais ;
Roland & Roger fe trouvent aux
prifes enfemble ; Atlant qui veille
toujours fur les jours de fon Elève, trompe Roland par un prefti-
ge, qui fait voir à ce Paladin
Charles en danger de perdre la

vie, & Renaud le corps traverſé d'une lance, qui lui demande du ſecours ; Roland trompé par l'illuſion des fantômes qu'Atlant préſente à ſes yeux, abandonne ſon combat avec Roger pour aller au ſecours de ſon oncle ; ces fantômes l'éloignent du champ de bataille, & diſparoiſſent tout-à-coup. Roland ſe trouve alors ſur le bord d'une fontaine large & profonde ; il voit briller au fond de ſes eaux un palais couvert d'or & de diamans ; ce Paladin ayant éprouvé les enchantemens de Morgane & de Dragontine, ne doute point que Charles ne ſoit retenu dans ce palais ; ſon grand cœur & le le deſir de mériter Angélique, le

détermine à fe jetter tout-armé
dans la fontaine.

Pendant ce temps, Roger étonné d'avoir vu Roland quitter le
combat, ne peut croire que ce foit
un manque de courage qui l'éloigne ; il fe jette fur les Chrétiens,
il en fait un maffacre horrible :
Olivier dans la mêlée, lui porte
en paffant un coup terrible fur fon
cafque qui l'étourdit ; Griffin, l'un
des Mayençois, prend ce temps
pour le défarçonner d'un coup de
lance ; Roger fe relève, pourfuit
Griffin pour s'en venger, & quoiqu'à pied, il eft prêt à joindre ce
traître qui n'ofe lui faire face, &
qui crie à Renaud de le fecourir :
ce Paladin a la générofité de fauver la vie au lâche Mayençois en

se mettant entre deux, & voyant Roger à pied, il a de plus celle de descendre de Bayard pour le combattre ; mais des flots de combattans séparent bientôt ces deux Guerriers : Agramant continue de remporter l'avantage sur l'armée de Charles, dont les deux aîles sont ébranlées ; mais avant de parler de la fin de cette bataille mémorable, le Berni s'interrompt dans son recit pour parler de Mandricard.

Ce Prince, dit le Berni, s'étoit porté d'abord contre les Etats du Cathay pour venger la mort d'Agrican son père ; mais Galafron l'ayant appaisé, Mandricard entend dire que la Fée Andronique*conserve dans un palais enflammé les

* ou Andronie.

armes d'Hector, & part auſſitôt pour en faire la conquête.

Mandricard ſurmonte tous les obſtacles; il s'empare des armes d'Hector, il déſenchante Gradaſſe, les deux frères Griffon le Blanc, & Aquilant le Noir; Andronique, en le couvrant elle même des armes d'Hector, lui dit que depuis qu'Enée s'en ſervit contre Turnus, cette épée eſt paſſée dans les mains de pluſieurs Héros célèbres, & qu'étant tombée entre celles du brave Almont, Roland a fait la conquête de cette épée, nommée Durandal, en le faiſant tomber ſous ſes coups: Mandricard jure alors de ne point porter d'épée, juſqu'à ce qu'il ait conquis Durandal ſur Roland; heureuſement que

O v

Gradaffe, qui prétend également conquérir cette épée, ne l'entend pas alors, étant encore enchanté.

Mandricard fort du château d'Andronique avec Gradaffe & les deux fils du Marquis Olivier; ils fe féparent enfuite fur les bords de la mer Cafpienne; Gradaffe & Mandricard retournent dans leurs Etats; Aquilant & Griffon veulent aller à Conftantinople pour y voir Léon de Grèce, fils de l'Empereur d'Orient, & leur ami. Les deux frères font arrêtés près d'une tour par l'aventure la plus étrange.

Griffon le Blanc avant de tomber fous la puiffance d'Andronique, avoit encore éprouvé des perfidies déteftables de la part d'Origile, qu'il avoit toujours la foibleffe d'ai-

mer : cette fille s'étant prife d'a-
mour pour un homme auffi lâche,
auffi méchant qu'elle, étoit difparue
avec lui ; le foible Griffon la re-
grettoit fans ceffe, & fe propofoit de la chercher dans toute la
terre, lorfque fon frère & lui furent arrêtés près de cette tour par
un énorme Géant, nommé Orrile,
qu'ils furent obligés de combattre.
Ce Géant tenoit en leffe un monftrueux crocodile qui voulut fe jetter fur Aquilant, mais ce brave
Paladin lui perça le cœur avec fa
lance, tandis que Griffon, d'un
coup d'épée, faifoit tomber le bras
droit d'Orrile. Quel fut l'étonnement des deux frères, lorfqu'ils
virent ce monftre ramaffer fon bras
de l'autre main, le remettre à fa

place, & combattre de ce même
bras avec plus de force qu'auparavant. Quelques momens après,
Griffon fit voler d'un revers l'é-
norme tête d'Orrile, mais ce Co-
loffe la ramaffant promptement,
la replaça fur fes épaules, & recommença le combat : les deux
frères ne pouvant revenir de leur
furprife, & craignant de fuccomber à la fin fous les coups pefans
de fa maffue, fe concertèrent enfemble, & lui portant à la fois un
coup terrible fur les deux bras,
ils les lui firent tomber, les ra-
mafferent, & courant fur le bord
de la mer qui n'étoit pas éloignée,
ils les jettèrent de toute leur
force dans l'onde : Orrile étant
accouru de même, fe jetta dans

les flots, & quelques momens après ils le virent revenir fur l'eau, la fendre de fes deux bras qu'il avoit repris, & courir s'emparer de fa maſſue, pour renouveller le combat. Les deux frères reſtoient interdits de ce nouveau prodige, lorſqu'ils virent arriver le long du rivage, un Chevalier à pied qui conduiſoit, avec une forte chaîne, un Géant tout auſſi grand & fort qu'Orrile, & qui portoit un gros paquet de filets fur fon dos.

C'eſt dans cette poſition, que le Poëme du Berni laiſſe les deux frères pour retourner à Roger dont le combat avoit ceſſé, par l'affluence des troupes des différens partis qui les avoient féparés ; tous les deux à pied s'étoient jettés fur leurs

ennemis, & Renaud faiſoit un maſſacre affreux des Sarraſins, tandis
que Roger perçoit juſqu'aux derniers rangs des Chrétiens, & les
faiſoit tomber ſous les coups de
Baliſarde : ce jeune Héros les
pouſſa vers une chauſſée ſur laquelle ils ſe jettèrent en foule ;
pour ſe dérober à ſes coups ; ce
fut dans ce même moment, qu'il
apperçut l'Archevêque Turpin qu'il
avoit précédemment jetté hors des
arçons, & qui s'étoit élancé ſur
Frontin lorſque Roger avoit été
renverſé par le lâche Griffin. Le
bon Turpin eut autant d'envie
d'éviter Roger, que ce Guerrier
en avoit de lui reprendre ſon cheval ; & quoiqu'à pied, il le pourſuivit ſur la chauſſée par laquelle

Turpin croyoit pouvoir s'échapper de lui.

La quantité de fuyards embarraffant cet étroit chemin, le pauvre Archevêque fut si violemment pouffé que malgré la force & l'adreffe de Frontin, l'un & l'autre furent culbutés dans l'étang ; Frontin fut bientôt débarraffé de fon Cavalier, & s'élança fur la digue affez près de Roger pour que fon maître pût le faifir par la bride. Dans ce moment il apperçut Turpin qui, vieux & pefant, étoit prêt à fe noyer.

Roger court au fecours du bon Archevêque, le faifit par les bras, le relève fur la digue ; & touché de l'air noble & vénerable qui brille fur fon front ombragé de

cheveux blancs : » Mon père , lui
dit-il , acceptez mon cheval , &
retournez librement près de votre
Empereur. « Turpin , attendri ,
regarde fixement Roger : » O mon
fils, lui dit-il , puiffe le Ciel être
ta récompenfe , & t'éclairer un
jour dans notre fainte Religion !
Va, lui dit-il encore, une fi belle
âme doit être à lui. Suis la brillante deftinée qu'il te prépare ; &
fois la fouche d'une des plus il-
luftres races de l'univers. « A ces
mots, que Turpin prononce d'un
ton prophétique, Roger voit briller une flamme célefte dans fes
yeux ; il reçoit avec refpect & tendreffe la bénédiction & l'embraf-
fement du noble vieillard , qui dé-
monte un Cavalier Sarrafin , faute

fur fon cheval, & dit à Roger
qu'il ne l'oubliera jamais.

Roger étant remonté fur Frontin, dédaigne de répandre le fang
des fuyards ; il rentre dans la
plaine; & comme il paffe fur une
petite élévation, il voit deux Chevaliers de la plus haute apparence
qui combattent l'un contre l'autre
avec le plus vif acharnement. Roger reconnoît fans peine le Roi
d'Alger ; mais il ignore quel eft
fon ennemi : l'air noble, l'adreffe
& le courage de ce Chevalier l'in-
téreffent en fa faveur ; il fouffre
même de le voir aux prifes avec
Rodomont, fçachant combien ce
dernier eft redoutable; & cherchant à terminer le combat, il
s'approche d'eux : » Seigneurs

Chevaliers, leur dit-il, fi l'un de vous eft Chrétien, je vous avertis que l'armée de Charles eft en déroute; que l'un de vous foit affez généreux pour laiffer éloigner celui qui ne pourroit manquer d'être pris par les efcadrons qui fe raffemblent dans cette plaine. — Ah, Dieu, s'écria Bradamante, tous les Paladins François font-ils morts? Puifque Charles eft réduit à fe retirer, Sire Chevalier, permettez-moi d'aller mourir près de mon Empereur. — Non, lui répondit brutalement Rodomont, je te reconnois pour m'avoir abattu dans la mêlée, & tu ne pourras te vanter d'avoir eu cet avantage fur moi. — Souviens-toi, répondit Bradamante, que tu m'as fait le même affront en Italie, nous n'avons rien à nous reprocher ; laisse-moi donc voler où mon honneur m'appelle. — Oh, puisque je te tiens, dit le Roi Sarrasin en levant son épée, il faut que je me venge. — Arrête, Rodomont, s'écria Roger outré de sa férocité, ou je te déclare qne c'est contre moi que tu vas combattre. Allez, brave Chevalier, dit-il à celui de Charles, je me charge d'arrêter votre ennemi. «

Le Chevalier s'éloigne, & Rodomont grinçant des dents, & criant : » Jeune homme, je vais t'apprendre à te mêler des affaires des autres, « l'attaque avec fureur. Roger, sans s'étonner, tire Balisarde, pare le coup du Roi d'Alger, en porte un fur fon cafque, & le fait tomber les bras ouverts fur l'encolure de fon cheval, ne pouvant plus porter fon épée, & Roger baiffant la pointe de la fienne, attend généreufement qu'il ait repris fes efprits. Bradamante, (car c'étoit elle que Roger venoit de féparer de Rodomont,) Bradamante voit cette action, & ne pouvant réfifter au defir de connoître un fi noble Chevalier, elle revient fur fes pas : » Pardonnez-moi, lui dit-elle, d'avoir fuivi le premier mouvement qui me portoit au fecours de Charles, & laiffez-moi terminer ce combat avec cet orgueilleux Chevalier. « Rodomont en ce moment reprend fes efprits, & voit Roger tran-

quille : » Tu m'as vaincu par ta
courtoisie, comme par tes armes,
lui dit-il ; soyons amis, je ne te
dispute plus la victoire. « A ces
mots, il vole vers une troupe de
Chrétiens qu'il voit rassemblés, &
porte la mort & l'épouvante dans
leurs rangs.

Dès que Rodomont se fut éloí-
gné, Bradamante saisit ce moment
pour demander à Roger quel est
son nom , désirant reconnoître
toute sa vie ce qu'il a fait pour
elle : Roger s'écarte avec elle du
champ de bataille, & lui raconte
quels sont les évènemens dont sa
naissance a été précédée , & lui
dit qu'il descend d'Hector ; pendant ce récit qui ne peut être que
long, Roger voulant parler avec

plus de liberté, lève la visière de
son casque, & Bradamante ne peut
voir sans en être émue, que c'est
le plus jeune & le plus beau des
Chevaliers qui vient de mettre Rodomont hors de combat pour l'a-
mour d'elle; Roger lui demande à
son tour de quels parens il a reçu
le jour; Bradamante alors délace
aussi son casque; ses beaux cheveux
blonds tombent en boucles jusqu'à
sa ceinture; il voit une fille d'une
beauté céleste, & c'est de sa belle
bouche qu'il apprend qu'elle est
de l'illustre sang de Clermont &
sœur de Renaud de Montauban;
la voix douce qui sort des lèvres
de roses de Bradamante, retentit
dans le cœur de Roger; ce cœur
devient sensible pour la première

fois, & ce moment décide du reste de sa vie.

Roger interdit n'étoit pas encore revenu de ce premier trouble, lorsque cinq Rois Africains arrivent près d'eux à la poursuite de quelques fuyards. Martasin, qui marche le premier, voit Bradamante ayant encore la tête nue ; & malgré les cris de Roger, il a la férocité de lui porter un coup qu'elle ne peut parer qu'à moitié ; ce coup lui fait une assez large blessure à la tête, peu profonde à la vérité, mais dont il coule beaucoup de sang. Qui pourroit exprimer la fureur de Roger en voyant cet acte horrible ; il fond sur Martasin qui l'évite par la fuite : les quatre autres Rois veulent arrêter Roger, en lui criant que Martafin eft le favori d'Agramant; mais il les culbute les uns fur les autres, les étourdit en les frappant du plat de Balifarde, & voyant qu'ils lui portent des coups dangereux, & qu'ils appellent des Cavaliers Maures à leur fecours, il ne les ménage plus; il en étend deux fur la pouffière, & pendant ce temps, Bradamante ayant rattaché fon cafque dont le fang coule en abondance, elle court à Martafin qui l'a bleffée, elle lui fait voler la tête, revient au fecours de Roger, & combat avec lui, mais plufieurs efcadrons accourent, féparent les combattans; Bradamante & Roger fe perdent dans la mêlée, cherchent en vain

à

à se rejoindre, & l'une & l'autre passent la nuit dans cette vaine recherche.

La fraîcheur de la nuit rendit la blessure de Bradamante si douloureuse, & le sang qu'elle avoit perdu l'avoit tellement affoiblie, qu'elle fut très-heureuse, à la pointe du jour, de trouver un Hermitage, où descendant de cheval, elle reçut d'utiles & prompts secours du saint Habitant de ce lieu ; mais ses beaux cheveux collés par son sang étant entrés dans sa plaie, l'Hermite fut obligé de les couper assez courts pour les rendre semblables à ceux que portoient les Chevaliers.

Roger passa la plus cruelle nuit : désespéré d'avoir vu blesser

P

Bradamante, & de l'avoir perdue,
inquiet du fort de la beauté qu'il
fent être fouveraine de fon ame,
il paffe la nuit à la chercher vainement; il continua des recherches
encore plus exactes, dès que le
Soleil eut paru fur l'horifon, &
fe portant affez loin de l'armée
d'Agramant, il fut rencontré par
deux Chevaliers qui le faluèrent;
mais Roger abforbé dans les profondes rêveries que caufe toujours
un amour naiffant, ne s'en apperçut pas, & ne fembla pas même les
avoir remarqués : ces deux Guerriers étoient Gradaffe & Mandricard qui voyageoient enfemble,
depuis que Mandricard avoit délivré cet Empereur Chinois ; ils
ne purent s'empêcher de fe dire

l'un à l'autre, que ce Chevalier devoit avoir été nourri dans quelque caverne fauvage, puifqu'il répondoit fi mal à leur politeffe : Roger les entendit, il avoit tort, & né trop grand pour ne pas l'avouer, il fit des excufes aux deux Chevaliers, & leur dit qu'un amour très malheureux l'occupoit tout entier : tous les deux frappés de fa candeur, & du grand air qu'il avoit fous les armes, reçurent non-feulement fes excufes, mais ayant appris la caufe de ces recherches, ils s'offrirent à les partager avec lui.

Quelques momens après Mandricard voyant une aigle déployée fur le bouclier de Roger, tel que celle que Vulcain avoit gravée fur

celui d'Hector qu'il avoit conquis,
& qu'il portoit à son bras, il ne
put s'empêcher de lui demander
de quel droit il portoit une pareille
devise : » Je la tiens de mes pères,
lui répondit Roger, mais je voudrois savoir moi-même si votre
naissance & votre renommée peuvent faire honneur à cette devise
qui fut celle du grand Hector. ——
Je la tiens, répondit Mandricard,
d'une aventure que j'ai mise à fin
& qui me met bien en droit de la
porter. En tout cas, ajouta-t-il,
nous verrons quand vous le vou-
drez, lequel de nous deux peut s'en
parer avec le plus de gloire. «

Roger accepta cette espèce de
défi ; mais s'appercevant que Mandricard n'avoit point d'épée, il en

parut étonné : » Comment fou-
tiendrez-vous donc, lui dit-il,
l'honneur d'un pareil bouclier, fans
une arme fi néceffaire pour le défendre? — N'en foyez point en
peine, lui répondit Mandricard ;
la première branche d'un de ces
ormes me fuffira pour le confer-
ver, & pour brifer ou conquérir
le vôtre. Au refte, je veux bien
vous dire que lorfque je me fuis
emparé des armes du fils de Priam,
l'épée y manquoit ; c'eft cette célèbre Durandal que porte le Comte
Roland auquel je veux l'enlever
par la force des armes, & j'ai juré
de n'en avoir pas d'autre jufqu'à
ce que j'en aie fait la conquête. «

Gradaffe ne put entendre ce
propos fans impatience : » Sachez,

dit-il à Mandricard, que ma prétention à cette épée eſt plus ancienne que la vôtre ; que je n'aî
quitté mes Etats que pour enlever
Durandal au Comte d'Angers, &
qu'il faut me vaincre pour aſpirer
à la poſſéder. «

Jamais homme ne fut auſſi
prompt que Mandricard à ſe faire
ſans ceſſe de nouvelles querelles :
» Je ne demande pas mieux, lui
dit-il, que de commencer par vous
la diſputer. « A ces mots, s'élançant à l'orme voiſin, il arracha
d'une force incroyable l'une de
ſes plus groſſes branches, & s'en
fit une maſſue. Gradaſſe, trop généreux pour ne pas rendre le combat égal, ſe ſaiſit d'une branche
pareille ; & les deux fiers Empe-

feurs de Séricane & de Tartarie commencèrent entre eux une es-pèce de combat qui retentissoit sur leurs armes comme le mouton sur la tête du pilotis qu'il enfonce.

Roger fit de vains efforts pour les séparer ; Mandricard étoit né trop violent pour céder, & Gra-dasse étoit trop fier pour inter-rompre un combat sans avoir hu-milié son ennemi par quelque avantage marqué ; Brandimart & Fleur-de-Lys arrivèrent en ce mo-ment : Fleur-de-Lys, retenue à Metz par une maladie, n'avoit pu marcher jusqu'à Trèves avec Ro-land ; & le fidèle Brandimart ne l'avoit pas abandonnée. Dans ce moment l'un & l'autre revenoient de Trèves, n'ayant plus trouvé

Charles dans cette ville, d'où ce Prince étoit parti pour aller au secours de Montauban. Brandimart s'étoit empreffé de venir le rejoindre ; & ces deux parfaits époux s'étoient arrêtés la veille chez l'Hermite où Bradamante avoit reçu les premiers fecours après fa bleffure. Cette Guerrière venoit de partir de l'hermitage lorfqu'ils s'y arrêtèrent : le faint Hermite, effrayé par une vifion, s'étoit défié de lui-même ; & quoique accablé par les ans & par la pénitence, il n'avoit pas voulu s'expofer au péril de garder dans fa cellule la charmante Bradamante, & l'avoit fuppliée d'aller achever de fe guérir de fa bleffure dans la ville voifine. L'Hermite avoit ra-

conté cette vifion à Brandimart :
» J'ai vu paffer fur ma tête, lui
dit-il, un vaiffeau conduit par une
troupe de Démons qui condui-
foient dans les enfers les ames des
Sarrafins péris dans la bataille. J'ai
entendu celui qui paroiffoit être le
Capitaine du vaiffeau, fe vanter
que l'Empire Chrétien feroit bientôt détruit ; que Roland étoit
tombé dans fes piéges, & qu'il
étoit enchanté dans la fontaine des
Naïades. Je compte, difoit-il, y
faire tomber tour-à-tour ceux qui
défendent encore Charles ; & je
prétends traiter de même jufqu'à
ce vieux Hermite qui prie là bas
pour lui : je me fais un jeu de le
faire tomber dans mes filets en
envoyant dans fa retraite une jeune

fille affez jolie pour le féduire. «
L'Hermite , après avoir engagé
Bradamante à quitter fa retraite ,
s'étoit mis en prières , & les grâces qu'il avoit méritées du ciel par
la fainte terreur qu'il avoit eue de
l'offenfer , avoient attiré fur lui de
nouvelles grâces , & l'avoient
éclairé fur les moyens de tirer
Roland de cet enchantement ; il
en avoit inftruit Brandimart &
Fleur-de-Lys , & tous les deux
cherchoient le ruiffeau qui conduifoit à la fource de la fontaine
des Naïades , lorfqu'ils firent la
rencontre des deux Empereurs qui
combattoient enfemble , & de
Roger qui vouloit les féparer.

Roger ayant dit à Brandimart
quelle étoit la légère caufe de ce

combat, Brandimart se mit à rire;
& pouffant son cheval entre les
combattans, il parvint à suspendre
leurs coups. » En vérité, leur dit-
il, je trouve qu'il est bien dérai-
sonnable que sans avoir aucune
ancienne querelle, vous en veniez
aux mains pour une épée qui n'est
pas en votre pouvoir, & qu'il faut
commencer par enlever à Roland.
Vous êtes bien heureux que j'arrive à temps pour vous donner des
nouvelles de ce Paladin, & pour
interrompre un combat qui ne
peut vous être d'aucune utilité;
mais puisque vous êtes déterminés
tous deux à faire la conquête de
Durandal, suivez-moi jusqu'à la
fontaine des Naïades où Roland
est retenu par leurs enchantemens;

je fai les moyens de l'en retirer,
& l'un de vous alors pourra difputer cette fameufe épée à fon poffeffeur. «

Gradaffe & Mandricard, également frappés du bon confeil
qu'ils recevoient, fe rendirent à
l'inftant, & dirent aux deux amans
qu'ils étoient prêts à les fuivre;
Roger n'eût garde de les abandonner; la haute eftime qu'il avoit
pour le Comte d'Angers le portoit
à prendre part à ce que l'on alloit
tenter pour fa délivrance; Fleur-
de-Lys fe mit à leur tête pour les
conduire, & ne fut pas long-tems
à trouver un ruiffeau dont ils fui-
virent le cours en le remontant.

Jufqu'alors ce ruiffeau coulant
en des lieux fauvages & couverts

d'arbres épais, ne leur indiquoit point ce qu'ils cherchoient ; mais à la fin ils virent que la forêt s'éclaircissoit & des sons mélodieux qu'ils entendirent accélèrent leur marche vers une grande clairière où le spectacle le plus agréable fixa leurs regards ; douze Nymphes, telles qu'on peint Hébé, dansoient en rond sur le bord d'une belle fontaine, & dans leurs pas différens, elles formoient ou des berceaux ou des chaînes avec des guirlandes qu'elles entrelaçoient en cadence ; le sourire de l'enfance étoit sur leurs lèvres, le coloris de la jeunesse brilloit sur leurs joues, la volupté de Vénus étoit dans leurs yeux, & toutes leurs différentes attitudes étoient celles

des Grâces : elles prirent un air
timide en voyant arriver les quatre
Chevaliers, & cet air n'en étoit
que plus féducteur ; feignant enfuite de fe raffurer, elles s'en ap-
prochèrent avec un air riant, elles
leur jettèrent des fleurs, & leur
préfentèrent une des extrémités de
leurs guirlandes ; les Chevaliers &
jufqu'à Brandimart même, quoiqu'il fût prévenu, ne purent s'empêcher de partager leurs jeux &
de chercher à faifir les guirlandes
qu'elles avoient l'air de vouloir retirer après les avoir préfentées ;
Fleur - de - Lys voulut vainement
arrêter fon cher Brandimart, il
n'étoit déjà plus temps, il avoit
faifi la guirlande d'une des Nymphes, ainfi que fes compagnons ;

un charme irréfiftible les entraînoit.

Fleur-de-Lys en foupirant, les
voit fe mêler à la danfe des Nymphes; bientôt ils forment trois tours
enfemble, & d'un commun accord
ils fautent tous dans la fontaine,
plongent, & difparoiffent à fes yeux.
Fleur-de-Lys gémit dans le premier moment de voir que ce charme trompeur a plus de puiffance
encore que celui de l'amour; mais
fe fouvenant bien des leçons qu'elle
a reçues de l'Hermite, elle court
dans une prairie voifine, elle y
cueille les plantes & les fleurs
qu'elle fait être propres à vaincre
le pouvoir des guirlandes des Naïades; elle en forme fix dont elle en
met une autour de fa tête, elle

paſſe les cinq autres dans ſon bras
& ſans balancer un moment elle
s'approche de la fontaine & s'y
précipite.

A peine Fleur-de-Lys, ſoute-
nue par ſon fidèle amour, fut-elle
éblouie, en traverſant la profon-
deur de ces eaux; elle ſe trouva dans
une prairie délicieuſe, ſemée de petits boſquets d'une forme différente, mais dont l'intérieur étoit également impénétrable à l'œil; elle
ne retrouva plus cette danſe en
rond des bords de la fontaine :
tous ceux qui l'avoient formée,
étoient alors diſperſés; Fleur-de-
Lys vit bien que ſa ſeule reſſource
étoit de parcourir les différens boſquets, & ce fut en frémiſſant,
qu'elle y chercha ſon cher Bran-

dimart ; cette tendre amante fortit
en rougiffant du premier bofquet
dans lequel elle pénétra ; elle fut
plus heureufe dans fa recherche ,
en entrant dans le fecond ; mais
que fon cœur paya cher le bonheur de trouver Brandimart ! il
étoit feul avec une de fes Naya-
des , & n'avoit pu la voir entrer ;
mais malgré le cri perçant que fit
cette Nymphe en difparoiffant ,
elle eut le courage de jetter l'une
de fes guirlandes fur le col de
Brandimart qui reprit fa raifon ,
reconnut Fleur-de-Lys , & qui
n'ofant lever fes yeux fur elle ,
colla fes lèvres fur fes pieds , &
les baigna de larmes.

Quoique l'amour nous permette
rarement d'être juftes , Fleur-de-

Lys le fut en ce moment ſi douloureux pour elle ; elle eut la gé-
néroſité d'excuſer, de conſoler elle-
même l'époux qu'elle adoroit ; mais
ne voulant plus s'expoſer à parcourir les autres boſquets, elle lui
remit les quatre autres guirlandes
& lui laiſſa le ſoin de déſenchan-
ter Roland & les trois autres Chevaliers : Brandimart y vola, &
bientôt elle vit paroître dans la
prairie Roland qui tenoit ſon ami
ſerré dans ſes bras, Roger qui les
yeux baiſſés prononçoit en ſoupi-
rant le nom de Bradamante, &
Mandricard & Gradaſſe qui regar-
doient de tous côtés & ſembloient
chercher & regretter les Naïades
qu'ils avoient perdues : à l'inſtant
même, un coup de tonnerre,

accompagné d'un éclair qui les éblouit, fit difparoître la prairie & les bofquets à leurs yeux, & tous les fix fe retrouvèrent avec leurs chevaux à côté d'eux, dans la même plaine où deux jours auparavant Roger & Bradamante avoient combattu les cinq Rois Africains.

Ils étoient tous encore dans la furprife de cette aventure, lorfqu'un Nain qui venoit à toute bride, les aborda : » Chevaliers, leur dit-il, fi vous êtes fidèles obfervateurs des loix de la Chevalerie, fuivez-moi, venez protéger l'innocence, & vous oppofer à la plus cruelle injuftice. « Le bon Roland qui fe fouvenoit d'avoir été plufieurs fois trompé par des Nains & par des aventures de cette

espèce, demanda quelques explications à ce Nain, & balançoit
beaucoup à le suivre, lorsque le
jeune Roger, emporté par son
courage, s'écria : » Guide-moi
seulement, je te suivrai sur terre,
sur mer & jusques dans les airs, si
tu peux me prêter des ailes. « Roland fut un peu honteux qu'un
jeune Chevalier eût paru montrer
plus d'audace que lui : » Marche
donc, dit-il au Nain, & fût-ce
aux enfers, ne crains pas que je
te quitte. « Gradasse & Mandricard
en dirent autant, & le Nain prenant le chemin de la forêt se mit
à marcher à grand pas devant eux.

Gradasse qui se trouvoit alors
le plus près de Roland, lui dit :
» Comte, vous devez faire les

honneurs de votre pays : laiſſez-
moi donc celui de tenter le premier l'aventure qui nous eſt deſtinée. — J'ignore qui vous êtes,
lui répondit Roland; mais une
telle demande ne peut partir que
d'un cœur noble & généreux. Je
vous l'accorde, & ne ferai que
vous y feconder, ſi vous avez befoin de mon fecours. — J'eſpère
bien m'en paſſer, lui répondit
Gradaſſe, ſur-tout ſi vous me prê-
tez votre épée : au reſte, ajóuta-
t-il, je ne fais que précéder de
peu de temps celui de vous rede-
mander Durandal qui m'appartient, Charles me l'ayant promiſe
pendant qu'il étoit en ma puiſſance. « On imaginera ſans peine
tout ce que dut fentir l'impatient

Roland en écoutant un pareil propos. Prens garde, Gradaſſe, dit-il, car je te reconnois à ta préſomption comme à ce que tu viens de me dire ; prens garde qu'au lieu d'armer ton bras de Durandal, ton corps ne lui ſerve bientôt de fourreau. La voilà, dit-il en la tirant ; eſſaie, ſi tu l'oſes, à l'arracher des mains de Roland. « A ces mots le fier Gradaſſe tire ſon cimeterre , & les deux Guerriers ſont prêts à ſe charger ; mais Mandricard ſe jette entre deux : » Ne penſe pas, dit-il avec fureur à Gradaſſe , entreprendre un pareil combat en ma préſence. Ne t'ai-je donc pas dit que Durandal manque aux armes d'Hector que j'ai conquiſes , &

que jufqu'à ce que je l'aie arra-
chée à Roland, j'ai juré de ne
me fervir que d'une maffue dont
tu dois déjà connoître la pefanteur ? — La tête vous tourne-
t-elle à tous , interrompit Roland?
Parbleu, fi vous êtes fols , voici
ce qu'il faut pour vous corriger ,
dit-il en faifant briller Durandal.
Eh ! venez tous les deux enfemble , fi vous voulez , j'en ferai plutôt quitte de la correction que je
vous dois. « Fleur-de-Lys qui vit
bien qu'elle ne pouvoit empêcher
quelque grand combat, voulut du
moins prévenir une efpèce de bataille où Brandimart eût expofé fes
jours pour Roland : » Écoutez-
moi, leur dit-elle ; puifque l'épée
de Roland eft l'unique caufe de

vos démêlés, tirez au sort lequel
de vous deux combattra ce Paladin, & si celui des armes le favo-
rise contre Roland, l'autre pourra lui disputer Durandal après
sa victoire. Les deux Empereurs
Sarrasins se rendirent à ce conseil;
ils tirèrent au sort qui tomba sur
Mandricard, & Roland le voyant
armé d'une massue , arracha la
maîtresse branche d'un chêne dont
il s'en fit une.

Ces deux Guerriers d'une force
incroyable firent frémir les specta-
teurs & retentir la forêt, par les
horribles coups qu'ils se portèrent:
tous les deux s'étant levés sur leurs
étriers , & voulant se frapper en
même temps, la massue de Mandricard fut brisée en l'air par celle
de

de Roland qui tombant à plomb
fur le cafque du Tartare, le fit
pencher privé de tous fes fens fur
l'encolure de fon cheval. Quoique
Mandricard eût la tête couverte
du cafque d'Hector, un fecond
coup l'eût privé de la vie; mais le
généreux Roland fe recula deux
pas, appuya fa maffue fur fon
étrier, & ce fut en cette attitude,
qu'il attendit que Mandricard eut
reprit fes efprits; ce Prince, en
ouvrant les yeux & fe relevant fur
fon cheval, apperçut Roland qui
le regardoit d'un air tranquille, &
qui ne tiroit aucun avantage de fa
pofition : » Tu m'as vaincu, Roland, s'écria-t-il, & par la force
de ton bras & par ta générofité :
ah, faut-il que tu fois le meurtrier

Q

d'Agrican mon père, avec quelle ardeur ne te demanderois je pas ton amitié ! — Hélas, lui répondit Roland, le fort des batailles m'a mis aux mains avec ce brave Empereur, & j'ai moi-même donné des larmes à fa mort. — Roland, repartit Mandricard, je vois avec douleur que trop d'évenemens cruels nous féparent, & je le regrette : vas porter ton bras à Charles, & moi je vais me rendre dans l'armée d'Agramant. «

Les deux Guerriers fe féparèrent, après s'être donnés ainfi des marques réciproques d'eftime. Mandricard reçut des mains de Roland fa maffue en place de celle qu'il avoit brifée, & Roland, Brandimart & Fleur-de-Lys fe rendirent auprès de Charlemagne avant que l'armée Sarrasine fut arrivée assez près pour l'assiéger.

On a déjà vu comment le bon homme d'Hermite, après avoir coupé les cheveux de Bradamante & mis le premier appareil à sa blessure, l'avoit conjurée de sortir de sa cellule & d'aller achever de se rétablir dans la Ville voisine. La fille d'Aymon, malgré sa modestie naturelle, rioit tout bas des craintes du vieillard ; mais un Hermite de soixante quinze ans peut être encore bien susceptible, s'il conserve des yeux, & ceux de la jeunesse lui font bien sentir leur pouvoir : d'ailleurs, il avoit à se défendre de la niche dont les Diables du vaisseau l'avoient menacé.

Le Berni loue fa prudence, & je fens bien que je dois la louer avec lui.

Bradamante, après avoir paffé près d'un mois fans être en état de porter un cafque, partit enfin, & marcha pour paffer la rivière du Tarn au-deffus de Montauban, & aller joindre l'Empereur fon oncle à Paris. Elle fuivit long-tems le cours de cette rivière qui couloit le long d'une forêt; la fatigue d'une première journée de marche avoit épuifé fes forces, & le foleil brûlant, qui pénétroit au-travers d'une haute & claire futaie, l'obligea de chercher l'ombre plus épaiffe d'un taillis, pour y trouver la fraîcheur & quelques heures de repos. A peine fa tête repofa-t-elle

doucement fur le gazon, qu'elle
tomba dans un profond fommeil,
& l'arrivée de la Princeffe d'Efpagne Fleur-d'Epine, que la chaffe
conduifit en ce lieu, ne la réveilla
pas.

Marfile s'étant emparé de Montauban, en avoit fait une place de
magafin pour fervir de communi-
cation avec l'Efpagne, & la Princeffe fa fille étoit venue l'y joindre.

Depuis la défaite & la retraite
de l'armée Françoife fur Paris,
cette jeune Princeffe pouvoit fatis-
faire en liberté fon goût pour la
chaffe dans la belle & vafte forêt
arrofée par le Tarn. Fleur-d'Epine
étonnée de trouver un Chevalier
endormi dans ce lieu, s'approcha

Q iij

doucement pour le voir de plus
près : » O saint Prophète, s'écria-
t-elle après l'avoir regardé quelque tems, les houris que tu promets à tes enfans ne peuvent avoir
autant de charmes que cette di-
vine créature ! Ah ! que ne des-
tines-tu pour les fidèles Musul-
manes des époux célestes aussi
charmans que ce Chevalier !

La suite de la Princesse se trouvoit alors assez écartée pour qu'elle
osât descendre de son palefroi,
s'approcher encore plus près du
Chevalier dont la respiration im-
prima sur ses lèvres une douce
chaleur qui pénétra jusques dans
son ame ; entraînée par sa passion
naissante, elle ne put s'empêcher
d'approcher ses lèvres de roses de

celles qu'elle voyoit entr'ouvertes,
& ce premier baiser eût peut-être
été suivi de mille autres, si le bruit
des cors qu'elle entendit ne l'euſſent forcée à ſe retirer à quelque
diſtance de Bradamante que ce
même bruit réveilla. La Guerrière
fut très-étonnée de voir Fleur-
d'Epine & ſa ſuite ſi près d'elle,
& la Princeſſe d'Eſpagne fut frappée d'un nouveau trait, lorſqu'elle
admira l'air noble du Chevalier,
& lorſque ſes beaux yeux ſe levèrent ſur les ſiens, au moment
où, fléchiſſant un genou devant
elle, ce Chevalier lui rendoit les
reſpeâs qu'il reconnut devoir à ſon
rang.

A l'inſtant où Bradamante ſe
relevoit, elle s'apperçut que ſon

cheval épouvanté par le bruit des cors, caffoit fa bride & s'échappoit dans la forêt, elle courut promptement pour le rattraper, mais cet animal s'enfonça dans l'épaiffeur du bois & difparut à fes yeux : le premier mouvement de Fleur-d'Epine avoit été de fuivre le beau Chevalier ; elle le joignit au moment où défefpérant de retrouver fon cheval, il montroit une vive douleur de cette perte ! » Sire Chevalier, lui dit-elle, je fuis fâchée que l'on ait troublé votre repos, & que le premier moment où nous nous voyons foit défagréable pour vous ; mais, ajouta-t-elle en le regardant avec des yeux bien tendres & bien expreffifs, feroit-il donc impoffible à la Prin-

cesse d'Espagne de réparer tous les
torts qu'elle vous a faits ? & si vous
ne sentez nulle peine à vous trouver
près d'elle, craignez-vous de manquer de chevaux, mon pays four-
nissant les plus beaux qui soient
en Europe ? — Belle Princesse,
lui répondit Bradamante, je vous
avoue que la perte de mon cheval me fait une peine mortelle,
dans un moment où l'honneur me
force à me rendre près de mon
Souverain. — Ce petit malheur, lui
dit Fleur-d'Epine, est bien facile à
réparer : essayez, en suivant la
chasse avec moi, le cheval que je
vais ordonner qu'on vous amène
& s'il vous convient, je vous prie
de l'accepter de ma main. « A ces
mots, elle parle tout bas à l'un

de ſes Ecuyers, & l'inſtant d'après cet homme revint tenant par la bride un cheval Andalous, preſque auſſi beau que Bayard, & léger comme Rabican : Fleur-d'Epine prit la bride des mains de ſon Ecuyer, & voulut la préſenter elle-même au beau Chevalier.

Quoique Bradamante eût bien peu d'expérience, les yeux de la jeune Eſpagnole devinrent ſi brillans, & ſon action fut ſi vive, en ſe ſaiſiſſant de cette bride pour la lui donner, qu'elle ne put s'empêcher de ſoupçonner que Fleur-d'Epine, trompée par les apparences, étoit émue par un ſentiment plus vif que celui qu'inſpire la ſimple générofité : elle reçut cette bride avec la grâce qui paroit ſon maintien & fa beauté : elle fauta légèrement fur le bel Andalous, qui fier d'une charge fi belle , leva bien des courbettes en s'approchant de Fleur-d'Epine : rien ne fut perdu pour elle, la légèreté , l'air noble du Chevalier , fon adreffe à manier ce bel animal, furent de nouveaux traits qui la pénétrèrent. La Princeffe ordonna de fouler une nouvelle enceinte, & bientôt un vieux cerf, dont la tête bien ouverte portoit jufques fur fa croupe, fut donné aux chiens qui le lancèrent à grand bruit : Fleur-d'Epine ayant Bradamante à fon côté , fe mit à la queue des chiens montée fur une jument Arabe qui devançoit les vents par fa courfe. Le cerf, après s'être laiffé battre quelque temps dans les taillis, débucha dans une petite plaine, & déployant toute la vîteffe de fes jambes légères, il laiffa les les chiens & les piqueurs affez loin derrière, & difparut à leurs yeux en traverfant cette bruyère, mais il fut fuivi de bien plus près par Bradamante : un feul mot que Fleur-d'Epine avoit dit en faifant femblant d'animer fa jument, avoit fait partir l'Andalous comme un trait ; il avoit emporté la Guerrière qui faifoit de vains efforts pour le retenir, & qui dépaffant le cerf, entra plutôt que lui fous une belle futaie qu'il traverfa fans rallentir fa courfe. Bradamante commen-çoit à s'effrayer, voyant que ce fougueux animal étoit prêt à l'em-

porter entre des buiſſons épais,
lorſque Fleur-d'Epine qui ne l'a-
voit point quittée d'un pas, l'arrêta d'un ſeul mot. Bradamante
occupée ſeulement du péril qu'elle avoit couru, craignit de l'eſſuyer encore, & ſe jetta légèrement à terre pour voir ſi la bride
étoit bien attachée : elle fut aſſez
ſurpriſe de voir Fleur-d'Epine ſi
près d'elle, qui deſcendit en riant,
& qui lui dit : » Je me ſai bien
mauvais gré de ne vous avoir pas
dit que cet excellent cheval que
j'ai dreſſé pour moi s'emporte quel-
quefois ; cependant je m'en ſers
ſouvent, un ſeul mot m'en rend
la maîtreſſe, & dès que je lui dis
» Arrête, beau cheval, « il obéit à
ma voix ; mais, (lui dit-elle avec

des yeux plus vifs que jamais,) la
chaffe eft loin encore, & le cerf
s'eft trop fort longé pour n'avoir
pas mis les chiens en défaut; nous
fommes échauffés d'une courfe fi
longue & fi rapide, affeyons-nous
un moment fur l'herbe en attendant que le bruit des cors nous
appelle. «

Malgré toute l'innocence & la
candeur qui régnoient dans le cœur
de Bradamante, ce dernier trait
l'éclaira fur les fentimens & les
projets de Fleur-d'Epine; elle ne
douta plus que la jeune Efpagnole
prompte à s'enflammer, ne l'eût
écartée volontairement de la chaffe; elle en rit intérieurement, &
cependant elle fe trouva bien em-
barraffée; elle ne l'eût point été

de soutenir l'honneur des jeunes
Paladins François, les armes à la
main ; mais voyant bien que ses
cheveux, coupés par l'Hermite,
avoient trompé la Princesse, elle
ôta promptement son casque, espérant que la délicatesse de ses
traits détruiroit l'illusion de la sensible Fleur-d'Epine ; elle n'y gagna
rien ; une course si rapide, son
embarras, faisoient briller de si
vives couleurs sur son teint, que
Fleur-d'Epine les prit pour être
celles du desir, & serra bien tendrement sa main. Tout concourut
dans ce moment à troubler tellement la bonne & charmante Bradamante, que je crois que les Lecteurs auront pitié de l'embarras où
le Berni la laisse, en terminant

brufquement fon Poëme ; mais nous les prions de croire que l'Arioſte fut trop juſte & trop galant pour ne pas tirer Bradamante avec honneur de cette aventure, & pour n'avoir pas amené les événemens au point d'empêcher la charmante Fleur-d'Epine d'être la dupe de l'Amour, & de ne pas recevoir de ce Dieu le prix & le tribut qu'il devoit à ſes charmes.